Impressum

Kingerland
Erinnerungen 1945 bis 1960

Autorin: Gudrun Beckmann
Herstellung und Verlag: BoD - Books on Demand
Norderstedt, 2021

Sämtliche Bild- und Textrechte liegen bei der Autorin
Lektorat, Umschlaggestaltung, Satz und Layout:
Alexandra Gedak

Sollten unwissentlich Rechte Dritter (Urheberrechte,
Copyright u.a.) verletzt worden sein, so bitten wir um
Mitteilung, damit die Angelegenheit im positiven Sinne
bereinigt werden kann.

ISBN: 9783752627473

Kingerland

Erinnerungen
1945 bis 1960

Gudrun Beckmann

Inhalt

Es-chen mit Mutter,
drei Monate alt

Mien Kingerland

Wat wärs du so klein, du mien Himmelriek,
mien gülden Kingerland,
van diear ollen Esche am Müöllendiek
bis an dian Stejnkuhlenrand.

Van diär Eike, wovan noch dei Stuken vertellt,
bis do, wo dei Giarns nu sind,
do was mien teheejme, do was miene Welt,
do hef ieck e'spielt ase Kind.

Wat wärs du so klein, du mien Kingerland
un kämes so groeut mie doch vüar;
ieck hewwe diar Stiekes so vielle do kannt,
ieck kam nit im Dage derdüar.

In Binsen un Blaumen, in Gilstern un Gras,
wo im Wiesken die Biecke flout,
wo dat Baukfinkennest im Fliernboum was,
wat was miene Welt doch so grout.

Doch at ieck die richtige Welt es e'seihn
un dei wie Welt es e'kannt,
do dacht ieck: „O wärs du noch ejnmol so klein,
so klein at mien Kingerland".

Fritz Linde (1882 bis 1935)

Meine Kindheit, meine Zeit

ist ein bestimmter Ort in einer besonderen Zeit. Hier erzähle ich aus meinen ersten 14 Lebensjahren, Nachkriegsjahre. Die Geschichten spielen auf einem abgelegenen Einzelgehöft in den bergigen Wäldern im südlichen Sauerland. Der Zeitgeist und die Lebenseinstellung der Menschen bereiten meinen Lebensweg. Er ist Unendlichkeit, Hoffnung, Neugier, Lernen. Es ist Geschichte aus Erfahrung und eigenem Tun, aber auch Verweigerung, Widerstand und Selbstbefreiung.

Geboren 1945, war meine frühe Kindheit überschattet vom Geist des Nationalismus. Der spukte mit all seinen Begleiterscheinungen in den Köpfen der Erwachsenen herum. Die haderten nach dem „verlorenen" Krieg mit den verlorenen Chancen und dem entgangenen Nutzen, aber auch mit dem Bruch in ihrem Hierarchie- und Herrschaftsdenken. „Wir sind die Herrenmenschen. Wir gehören zur Herrenrasse". In ihrer Enttäuschung verstärkten sie ihre Anstrengungen, mehr scheinen zu wollen, als sein zu können, denn „unsere Väter waren schließlich Millionäre".

Verlustgefühl und das Gefühl, verkannt zu werden, weil der edle Bauernstand sein Ansehen eingebüßt hatte, schürten ihre Überheblichkeit: „Arm' Lue is kudderig Volk". „Flüchtling" war Abwertung, Schimpf und Schande. Fremdenhass war an der Tagesordnung trotz oder wegen der jahrelangen Dienste von Fremd- und Zwangsarbeitern. Das alles war ja verloren. Alles musste man selber machen. Das Fremde und Unbekannte galt jetzt mehr denn je als schlecht, falsch und gefährlich. So schweißt man Familienbande zusammen.

Ausgrenzung und die Verachtung von Flüchtlingen und Arbeitern als arbeitsscheuem Gesindel und Gesocks, Ignoranz und Verleugnung von Entwicklungen und Tatsachen gehörten zum Alltag. Man machte sich Luft: „Unter Adolf hätte es das nicht gegeben!" Sie saßen beieinander und beteuerten sich gegenseitig mit beschwörenden Stimmen: „Wir haben ja nichts geahnt!"

Die Schuldfrage gab es nicht. Ihre Sprüche waren nicht einmal zynisch gemeint, wenn geschimpft wurde, war man ein „Zigeuner-" oder „Judenbalg", etwas Langwieriges machte man „bis zur Vergasung". Wenn man stolperte, war meist „ein Jude begraben". Warum? Weil die „jüdische Hakennase" aus der Erde ragte? Muss denn all das heute erklärt werden?

Sie waren sich ihrer misslichen Situation bewusst. Es hatte bessere Zeiten gegeben, aber die waren durch Großvaters Handel und Wandel schon lange vor dem „Tausendjährigen Reich" verspielt. Ein Tabu-Thema. Der Hof war ein durch Erbteilung geschrumpfter, verschuldeter Kotten, veralteter, unwirtschaftlicher Bauernhof. Also werteten sie vorsichtshalber alles Unerreichbare um: „Schuster bleib' bei deinen Leisten!"

Mit diesem Denken wird Vieles unerreichbar.

Meine Kindheit habe ich aufgegeben, abgegeben, mir vergeben, verfliegen lassen, verloren geglaubt und lange Zeit nicht wertgeschätzt. Ich habe sie vergessen, aber nicht verdrängt, sie einigermaßen gut überstanden, geschafft, hinter mich gebracht, nicht mehr gebraucht. Bin ihr entronnen. Ohne geflohen zu sein, habe ich sie hinter mir gerinnen lassen, sie gut überlebt.

Und so hat sie sich nach einer Weile überlebt. Ich habe verzehrt, was genießbar, wenigstens essbar war, obwohl ich sie hungernd nach Zuwendung und Anerkennung verbracht habe. Habe sie herumgekriegt im Zeitraffer. Die Zeit hat sie hingerafft. Vieles habe ich schicksalhaft verstreichen lassen. Aber ich habe auch genossen mit Riechen, Schmecken, Fühlen, Sehen, Hören, habe getrotzt, mir mein Leben ertrotzt, mich vor Schlimmem bewahrt.

Die Erwachsenen waren zu sehr mit ihrem schweren Alltag, mit der bäuerlichen Arbeit und sich selbst beschäftigt, als dass sie sich um ihre Kinder hätten kümmern können. Deren Zukunft war bereits mit ihrer Geburt festgelegt: Die Älteste soll etwas lernen, der Sohn erbt den Hof und die Jüngste bleibt als billige Arbeitskraft und Pflegeversicherung der Eltern auf dem Hof.

Diese traditionsgemäß bäuerliche Sichtweise bedeutete für mich, der jüngsten Tochter, die eigentlich gar nicht gewollt und als unnützer Esser eher lästig war, neben frühen Zwängen und Kinderarbeit ungeahnte Freiräume, sobald ich unsichtbar und damit nicht verfügbar war.

In meinen Erzählungen gebe ich dem kleinen Mädchen keinen Namen. Es ist Es, weil es so winzig war, nur ein Mädchen und schwächlich dazu, also unnütz in den ersten Jahren. Es war störend, lästig und nervend, bis man es „an die Arbeit tun" konnte.

Seine Bedeutungslosigkeit schenkte ihm Zeit und Gelegenheit, seine vielfältige Umwelt zu erkunden, in und mit der Natur zu leben, sich zu stärken und seinen Einfallsreichtum zu entwickeln.

Ihr werdet's sehen.

Meine Kindheit betrachte ich wie eine Kapsel um meinen Persönlichkeitskern. Sie ist mein Eigentum. Sie ist aber auch geschundene, verwunschene, verschwundene, gestundete Zeit. Meine Zeit. Sie ist mein Hoffnungsträger. Ich hatte stets ein Ganzes vor mir, ein ganzes Leben. Als ich von Zuhause wegging, glaubte ich nicht an mich, dazu war ich zu verletzt, zu gedemütigt und zu schwach und klein gehalten. Doch ich glaubte an meine Zukunft mit all ihren irgendwann sichtbar werdenden Möglichkeiten. Davon träumte ich, vom Aufbruch und von der Offenbarung.

Pause bei der Kartoffelernte
Es-chen hat den Korb mit Kaffee und Broten gebracht

Mein Name sei: ES

Ein Name ist nach der aktuellen wissenschaftlichen Forschung, ein verbaler Zugriffsindex auf eine Informationsmenge über ein Individuum. Namen sind somit einer Person, einem Gegenstand, einer organisatorischen Einheit oder einem Begriff zugeordnete Informationen, die der Identifizierung und Individualisierung dienen sollen, soweit Wikipedia.

Ich erinnere mich. Namentlich. Mich erinnere ich. Ich als kleines Mädchen erzähle heute von diesen Erinnerungen aus früher Kinderzeit. Nun bin ich gespannt, was ich entdecke und wie es mir mit ihrer Wiederbelebung geht. Ich lasse das alles geschehen.

> Welche Form nimmt meine Erinnerung an?
> Welche Worte und Sätze finde ich dafür?
> Was hole ich herauf und was wiederhole ich?
> Was hole ich ein?
> Und wie beschreibe ich sie?
> Schreibe ich von mir oder von einem Kind?
> Wie wird das kleine Mädchen heißen?
> Was wird aus ihm, während ich seinen Werdegang beschreibe?

Ich will mich nicht zu stark identifizieren mit dem kleinen Mädchen, von dem hier erzählt wird. Ich werde mich beim Erzählen engagieren. Ich gestehe der kleinen Person ihre ureigenste Persönlichkeit zu. Darum muss ich einen Namen finden, der ihrer Identifizierung und Individualisierung dient, aber nicht belastet ist mit Werten und Bedeutungen. Darum schreibe ich nicht unter meinem Namen.

Mein Taufname ist intim. Er gehört mir als Erzählerin. Er ist mein zufälliges Eigentum. Anonymität oder etwas

Distanz tut gut. Ich wünsche keine Enteignung durch eventuelle Leserinnen und Leser. Sie schlussfolgern nach ihrem Gutdünken und setzen vielleicht Gestern mit Heute gleich. Leser urteilen entsprechend ihrer eigenen Anschauung mit ihren eigenen Werten. Sie wissen wahrscheinlich besser als das kleine Mädchen, wie es die Welt hätte sehen müssen und was es richtigerweise hätte tun sollen.

Der Funktion der Namensklarheit wird hier also nicht Genüge getan. Ich gebe als Erzählerin meinen Namen nicht her. Dem Namen nach wäre ich nämlich die, „die das Geheimnis der Götter kennt", „die den Kampf Kündende". Ich will hier nicht bedeutungsschwer „benamt" sein als die, die Kampf und Kraft, Geheimnis und Zauber in ihrem Namen trägt, aber auch der Vorbestimmung folgen muss, die leidensfähig dem Schicksal ins Auge zu blicken und die Mühsal, Verlust und Armut zu tragen hat. Das wäre auch dem kleinen Mädchen selbst nach vielen, vielen Lebensjahren zu viel.

Ohne lange nachzudenken, wählten meine, das heißt seine Eltern 1945 seinen Vornamen. Er war gerade hochmodern. Sie wussten nicht, dass er so bedeutungsschwanger, so ernst, ja sogar prophetisch ist, dass er Sinn und Aufgabe zugleich beinhaltet. Wenn sie es geahnt hätten und es sie interessiert hätte, ob sie ihn dann gewählt hätten?

Ich will als Erzählerin der kleinen Persönlichkeit also einen Namen geben, der ihrer würdig ist, der sie nicht festlegt und einengt. Einen, der eine positive Sichtweise auf die Person ermöglicht. Es soll ein Name sein, der frühere Wahrnehmungen widerspiegelt und der Entwicklungen zulässt. Warum ich als Erzählerin keinen neuen Namen erfinde?

Jeder andere Name hätte dem Menschlein eine neue, fremde Identität gegeben. Es wäre damit ein anderer Mensch zu beschrieben gewesen. Die Person würde vielleicht ungewollt mit anderen Bedeutungen assoziiert und zu etwas ganz anderem tendieren.

Es bleibt es. Über Es-chen wird wohlwollend berichtet. Es besteht die Chance, dass alles gut wird. Es gefällt mir, der Erzählerin. Das kleine Mädchen gefällt mir auch. Ich könnte es dabei belassen, aber der Begriff Mädchen kommt von Magd. Diese Festlegung mag ich nicht wiederholen. In meiner Herkunftsfamilie büßte jemand mit dem Status „Magd" all seine Würde, Selbstbestimmung und Freiheit ein. Eine Magd war verfügbar, hatte Befehlen zu gehorchen und konnte nach Lust und Laune bevorzugt oder verstoßen werden. Willkür pur! „Wenn's ihr zu wohl geht, geht die Kuh aufs Eis", war ein Spruch, wenn die Bediensteten zufrieden waren. Darum wurden Mägde kontrolliert und kurz gehalten, geistig, seelisch, materiell.

Als „kleine Kuhmagd" bezeichnet zu werden, war mehr, als nur ein Makel. Es beinhaltete die Gefahr des Beschreiens. Es war Ausdruck einer Vorsehung — „Vorsehung" gesprochen mit offenem „O" und gerolltem „R" wie der „Führer" das betont hatte, das war ein gern und oft verwendeter Begriff des Hausherrn. Der Duden sagt, dass seit dem 17. Jahrhundert der Begriff „die kleine Magd" oder „das Mägdelein" zusammengezogen wurde zu „Mädchen" oder „Maid" und viele Bedeutungen erfahren habe. Nicht nur Kind weiblichen Geschlechts oder jüngere weibliche Person, sondern auch unberührtes, unverheiratetes Mädel. Was im Holländischen „Matjes" heißt, war hier „Freundin eines jungen Mannes".

Im Sprachgebrauch meiner Herkunftsfamilie ist „unser Mädchen" gleich Hausmädchen. Sie meinten damit ihre Dienst- und Zimmermädchen, auch Perle, Stütze, Minna genannt. Knechte und Mägde waren so etwas wie ein eigener „Stand". Ohne sie wäre zwar die Wirtschaft zusammengebrochen, dennoch waren sie minderwertig. Familienanschluss gab es nicht. In der Hofhierarchie hatte der Bruder als sogenannter „Erbhofbauer" Weisungsrechte gegenüber dem Gesinde. Das kleine Mädchen allerdings stand noch unter den Mägden. Daran gab es keinen Zweifel. Und auch daran nicht, dass seine Zukunft auf dem Hof lag. Die Mägde behüteten und pflegten es und übten ihm gegenüber ihren Einfluss aus.

In dieser Erzählung soll darum von ihm als „Es" die Rede sein. Das charakterisiert seine Rolle am besten, es ist ein Neutrum. Es ermöglicht der Erzählerin Distanz, etwas Neutralität. In der Familie war das kleine Mädchen nicht mehr als ein Etwas, beinahe wie etwas Zugelaufenes. Man fütterte es durch, weil es später als billige Arbeitskraft von Nutzen sein sollte.

Es war klein und alles was klein und schwach ist, ist unbedeutend und minderwertig. Solange es nicht störte, ließ man es. Es war nicht wert, beachtet zu werden. Das traf generell auf die meisten weiblichen Menschen zu.

Erst ab einem bestimmten Alter wurde für die Männer auf dem Hof ein Mädchen interessant, als Sexualobjekt, wenn es reif, prall und willig war, sofern es diensteifrig war und den Mund hielt.

Männer nahmen Mädchen nicht ernst, machten sich über sie lustig. „Weiber quatschen hinten aus dem Kopf!"

„Heirate nicht, dann ist die Mark nur noch fünfzig Pfennig wert!".

Ein Mann konnte testen, wie weit man gehen kann und wie sich das anfühlt, wenn man ein Mädchen abwertet, lächerlich macht, wenn man es schlecht und sich gefügig macht. Wie weit kann man gehen, bis es bettelt und weint? Wie viel Druck und Kontrolle kann man ausüben, damit es gefügig bleibt? An einem Mädchen konnte man Einfluss, Macht und Gewalt einüben, sich als Mann beweisen und damit prahlen.

Solange das Mädchen nur klein genug bleibt, bleibt ihm Einiges davon erspart, doch was es nicht am eigenen Leib erfährt, erfährt es doch in seiner Seele. Das machen die Erinnerungen deutlich. Darum möchte die Erzählerin auch die weibliche Kindheit des kleinen Mädchens zurückholen, sie darstellen und nachfühlen. Sie möchte dem kleinen Mädchen seinen Wert und seine Selbstwahrnehmung lassen. Seine Ideen, seine Ängste und Sehnsüchte, seine Träume und Eigenheiten, seine Begrenzungen und seine Entwicklung werden dargestellt.

Sie möchte versuchen, ihm gerecht zu werden. Kann sie das als Erzählerin heute überhaupt? Sie nimmt sich das Recht heraus, mit den Erfahrungen und dem Wissen von heute den frühen Erlebnissen nachzuspüren und sie zu bewerten. Es-chen, zart wie es war, hat damals längst nicht alles hingenommen. Es hat Widerstand geleistet, war trotzig und verstockt.

Die Verfremdung, als Erzählerin aufzutreten, macht es leicht, davon zu berichten. Sie lässt das kleine Mädchen Es-chen sein, mit seiner Naivität, seinen Gaunereien und Überlebensstrategien.

Vom Wert der Worte

Ich sammle Erinnerungsstücke wie Wörter. Stichworte sind Worte, die hineinstechen in alte Geschichten. Es gibt kein Zurück mit Leib und Seele, trotzdem wandere ich weiter und immer weiter in die Erinnerung, ins Kingerland. Ein Stichwort legt das nächste frei. Ein Piekser in die Vergangenheit und ich werde zur Archäologin, die behutsam weiter kratzt und schaut, was es zu entdecken gibt.

Aus dem, was ich finde, werden Episoden und daraus Geschichten. Genauso bin ich meinen eigenen Träumen und meinen Visionen verpflichtet, sie sind mein persönlicher Film im Hintergrund.

Fragen tauchen auf: Was bedeutet überhaupt Wirklichkeit, was Wahrheit?

Paul Watzlawick hat in seinem Buch „Wie wirklich ist die Wirklichkeit" diese Frage bearbeitet. Und Gerhard Roth provozierte mit Überlegungen, wie verantwortlich ich selbst für meine Entscheidungen bin und damit für meinen Lebensweg und mein Werk.

Unbeirrt von Wahrhaftigkeit und Richtigkeit, will ich erzählen, was gewesen ist. Ich begreife durch Begriffe und nutze die Symbolkraft der Sprache auch als Heilkraft. Meine Sprache spiegelt, was mein Erinnern mir schenkt.

So kommt es, dass sich in meiner Erzählung die Rolle der Betroffenen und die der wertschätzenden Erzählerin mischen. Es entstehen Brüche zwischen spontanem Sprachspiel und der Korrektheit von Stil und Form. Ich wechsle zwischen Ästhetik und Bericht. Lyrische Gedanken, Träume und ihre Deutung sind eingestreut. Ob wahr oder nicht, so dokumentiere ich hier meine Kind-Vergangenheit. Ich stelle Behauptungen auf, damit behaupte ich mich. Das alles passiert ohne Konzept, ohne Hintergrundliteratur, ohne Philosophie und großes Weltwissen. Ich verschenke meine kleine Welt.

Ob sie dir und euch und anderen etwas wert ist? „Mien Kingerland" ist es wert, ein Stück meines Lebensweges gewesen zu sein.

Ich schreibe, wie ich rede. Ich rede, wie ich denke. Es sprudelt spontan heraus. Die kleinen Episoden sind der Blick durch einen Türspalt in die Vergangenheit. Sie sind ein Schlaglicht auf ein bestimmtes Geschehen, ob direkt erlebt oder erzählt bekommen, aus einem alten Foto geschlossen, mehrmals selbst wieder erzählt, reflektiert oder theoretisch erklärt. Alles ist möglich und manchmal kaum zu unterscheiden.

So kommt es beim fließenden Aufschreiben zu Stilbrüchen und Zeitenwechsel. Zeit wird irrelevant. Dauer und Ereignisse würfele ich durcheinander. So geschieht Erinnern! So schreibe ich authentischer, als es die Verarbeitung der Vergangenheit mir ermöglichen würde. Sie würde alles komplizierter und theoretischer machen. Andererseits würde ich dadurch unangreifbarer.

Sei's drum.

Winter

Heiligabend 1945 ist es auf dieser Welt angekommen. Seiner Schwester hatte Mama versprochen: „Du bekommst eine Puppe zu Weihnachten!" Als die das Geschöpf nun im Arm halten sollte, weinte sie: "Ich will keine lebendige Puppe!" So erzählte Mama es gerne und lachte dabei. Da nannten sie es noch „unser Christkindchen".

Soweit das lebendige Ding, also unser „Es-chen", zurückdenken kann, waren seine Kinderwinter weiß, gleißend hell, kalt und nass und furchtbar anstrengend. Es-chen arbeitete sich durch Schneemassen, die ihm bis zum Bäuchlein reichten. Es wollte mit den „Großen" mithalten und mit ihnen Schlittenfahren. Damit ging es ihnen auf die Nerven. Es war nicht schnell genug und konnte nicht mal seinen kleinen Schlitten allein den Berg raufziehen. Im Nu waren seine Hände in den Fäustlingen steifgefroren wie abgestorben. Wenn es Pipi musste, kriegte es die Knöpfe und Verschlüsse nicht schnell genug auf und kam darum nicht fix genug aus den vielen Schichten Kleidung heraus. Die Pipi gefror am Popo und bis es zuhause war, war die Hose hart. „Heulsuse", schimpften die Geschwister.

Es-chen hatte eigene Skier, kurze Holzbretter mit einer Schnallenbindung, die immer mal ganz plötzlich von den Schuhen abplatzte. Egal. Es rannte damit los und flitzte hinter den anderen Kindern her.

Die großen Jungen hatten in der Schlittenweide am Hang vorm Haus aus Brettern und viel aufgehäuftem und festgetrampeltem Schnee eine Sprungschanze gebaut, Modell „Weltgrößte Mattenschanze". Die war für Es-chen tabu. Als die Jungen nicht da waren, ist es hingelaufen. Was die konnten, konnte es auch! Das wollte es heimlich üben und ihnen beweisen. Das Ding war wirklich entsetzlich hoch. Noch nie war es mit seinen Skiern durch die Luft geflogen. Aber: Was sein muss, muss sein! Es nahm allen Mut zusammen, Anlauf und — huch — das ist doch allzu schnell. Es stoppte. Zu spät. Mit dem Po plumpste es auf die Kante der Schanze. Als es aufstand, hinterließ es einen tiefen Abdruck, unverkennbar sein kleiner Po. Das gab einen Anschiss!

Toll war es, neben den Großen seine Skier zu wachsen. Morgen gibt es solchen oder solchen Schnee, da nimmt man das rosa oder das grüne Wachs und reibt die Skier damit ein. Man bügelt mit dem Bügeleisen darüber, damit das Wachs richtig einzieht. Perfekt!

Einen Winter gab es unglaublich viel Schnee. Er reichte bis vor die Küchenfenster. Es-chen konnte gegen die Schneewand gucken. Ganz dämmrig und schummrig war es im Haus. Papa hat geholfen, einen Schneemann zu bauen. Der war so groß, dass noch an Ostern die grau vereisten Reste mit dem Kochtopf und dem Besen schief im Dreck steckten.

Ein anderes Mal hat er am Zaun mit Brettern und viel, viel Schnee einen Iglu gebaut. Er hat allen Schnee, der aus dem Weg geräumt werden musste, darüber aufgehäuft. Alle Kinder haben geholfen und den Schnee festgeklopft. Das war eine Höhle, riesengroß! Beinahe dunkel war es darin und richtig warm. Man durfte sogar eine Kerze anmachen.

Bloß gut, dass Es-chen Zeit hatte, hier zu spielen, wenn die Großen in der Schule waren.

So schön der Winter war mit seinen Eisblumen vor den Fenstern und den glitzernden Kristallen auf der Tapete im

Schlafzimmer, Es-chen fror. Die dicken Kloßbetten waren feuchtkalt. Die Wärmeflasche musste es abgeben, wenn die Großen ins Bett mussten. Die Zeit reichte nie, um warme Füße zu kriegen. Bei der Katzenwäsche am Morgen kniff das eisige Waschwasser Es-chen in die Nase.

Es-chen mit seinen Geschwistern

Am Teich

Eislaufen. Die Greifbacken der Schlittschuhe mit einem Schlüssel an den Sohlen der Skischuhe festzuschrauben, ist gar nicht so einfach. Die waren übrigens seine einzigen Winterschuhe, derb, geerbt von den großen Geschwistern. Manchmal fielen die Schlittschuhe einfach ab. Dann fiel man, wenn man Pech hatte, auf die Nase.

Eislaufen war eine spannende Angelegenheit, obwohl Es-chen dabei immer wieder Streit kriegte mit den großen Jungen. Die wollten Hockey spielen.

Sie rasten grölend hinter der zerbeulten Blechdose her und schlugen sie und sich gegenseitig mit weit ausholenden Hieben. Sie duldeten keine Kleinen auf dem Spielfeld. Es-chen hatte sich am Rand aufzuhalten. Aber da war es gar nicht leicht, zu fahren. Das Eis war kraus. Pflanzen wuchsen heraus und stoppten es unvermittelt. Es-chen brauchte Bewegungsspielraum, darum geriet es immer wieder in Konflikte mit seinem Bruder und den Burschen aus der Nachbarschaft.

Es gibt ein Foto, ein kleines Mädchen, unser Es-chen, im engen, beigen Anorak, rausgestreckter Po, mit den Armen fuchtelnd, die Füße verknotet. Wie schwer es doch war, nicht umzuknicken und auf den Beinen zu bleiben! Aber wenn man erst sauste, das war ganz wunderbar. Papa hat das Eis getestet und eine Sperre rund um den Zufluss vom Bach gemacht, der aus der Wiese am Waldrand kam: Bis hierher und nicht weiter! Die großen Jungen setzten sich gerne darüber hinweg. Mutprobe, Angeberei, Aufwiegelei zum Ungehorsam. Das war nichts für kleine Mädchen. Als Fritzchen einmal die Sperre umfahren hat, ist er eingebrochen. Er hatte die anderen zu sich hergelockt und als Feiglinge beschimpft, hat einen Augenblick nicht aufgepasst und schon war es geschehen. Eingebrochen ist er, jawoll. Da hat Es-chen spontan Mamas Erkenntnis wiedergegeben: „Das ist die Strafe vom lieben Gott!"

Frech soll es gewesen sein, sagen die Großen, bloß weil es einmal zu Fritzchen gesagt hat: "Fritzchen, du bist ein Fritzchen, heißt Fritzchen und hast ein Fritzchen!", aber gelacht haben sie trotzdem.

Im Sommer, wenn es am Teich spielte, versteckt hinter den Brennnesseln am Hang, allein am Nachmittag mit sich und den Glitzerpunkten, die der strahlende Sonnenhimmel ins Wasser streute, sah es den fliegenden Wolkenfetzen auf der klaren Wasserfläche zu. Es konnte sie mit seinem Stöckchen zerfleddern und warten, bis eine geheime Kraft den Himmelsspiegel wieder zusammensetzte, sozusagen heile machte.

Hier war es allein und geborgen. Nein, hier vermutete es niemand. Rufen, Drohen, scharfe Worte wurden vom Strauchwerk und den Schmetterlingen verschluckt. Die kamen gar nicht bei ihm an. Es war abwesend, in einer anderen Welt. Niemand machte sich die Mühe, hier herunter zu steigen. Es war ja sooo weit weg! Nein, das ferne Grollen galt nicht ihm. Es lag bäuchlings am Ufer, sah den Karpfen beim Glotzen zu und erzählte ihnen alles, was ihm einfiel. Die harrten geduldig aus. Und mit einem einzigen Flossenschlag, schwupp, schnappten sie etwas, was Es-chen nicht einmal gesehen hatte.

Es puhlte die Köcher der Köcherfliegen aus der Lehmwand unter der Wasserkante und erschrak. Das holzige

Röhrchen war gar nicht leer, es war ein bewohntes Zuhause. Die gigantischen Libellen, perlmuttern und silbern schimmernd, standen in der flirrenden Luft. Auf schaukelnden Blättern fuhren sie über den See.

Jetzt fahr'n wir über'n See, überm See,

jetzt fahr'n wir über'n (...) - See,

Mit einer hölzern Wurzel,

Wurzel, Wurzel, Wuhurzel,

mit einer hölzern Wurzel.

Kein Ruder war nicht (...) - dran.

Wehe du vertust dich und singst beim dritten Mal „See" und "dran", dann bist du dran, dann gehst du unter! Das glaubte das kleine Mädchen ganz fest.

Da, wo man nicht die nackten Füße ins Wasser stecken und mit den Zehen schnippen und Unruhe verbreiten konnte, da wuchsen Stängel aus dem glitschigweichen Modder. Wenn's kalt war, war es hier unheimlich. Aber wenn's warm war, war es eine Lust, sich in dem Pubsblasenblubberbrei langsam vorwärts zu schieben. Mit den Füßen fühlen. Und wie das stank aus den tiefsten Tiefen.

Es-chen lief gerne barfuß. Später erzählte es, es sei den ganzen Sommer hindurch barfuß gelaufen. Es war stolz darauf, barfuß über Stock und Stein zu laufen und die Mahnungen der Erwachsenen in den Wind zu schlagen. Sie lamentierten, es werde sich weh tun, schneiden, verletzen. Nicht weitersagen, die wussten es nämlich nicht und brauchten es auch nicht zu wissen: Es-chen war doch eine echte Indianerin, unerkannt, inkognito sozusagen unterwegs. Irgendwann, wenn es längst in der weiten Welt unterwegs sein würde und viele Abenteuer bestanden hatte, dann würde es denen schon dämmern, dass dieses kleine Mädchen etwas ganz Besonderes gewesen war und dass es geheime Fähigkeiten hatte. Bis dahin behielt es das für sich, sprach mit den Tieren und den Pflanzen und sah Dinge, von denen die Großen noch nicht mal träumten. Und vor allem, Es-chen konnte sich unsichtbar machen. Genau!

Dazu war es jedenfalls auf dem besten Wege. Es drückte sich zwischen Kraut und Butterblumen, sog mit spitzen Lippen das Teichwasser auf und schüttelte die Tropfen von der Nase. Es war unverwundbar, dem Himmel und der Erde nah. Es ließ einen Haufen Froschlaich durch seine Finger quibbeln, sonderbare Punkte. Geheime Welt. Alles hat seine eigenen Regeln, seine Ruhe und seinen Frieden. Punkte sind Punkte, ob schwarz und im Glibber oder tanzende Reflexchen auf dem Wasser, die im Schatten verschwinden. Heile Welt, unhinterfragbar und lustvoll.

Unhinterfragbar, weil es niemanden fragen konnte. Statt einer Antwort hätte es Schimpfe gehagelt. Es hätte seinen heimlichen, geheiligten Ort dafür preisgeben müssen. Es hätte sein Refugium verraten und es entweihen lassen müssen. Die Erwachsenen hätten ihm verboten, jemals wieder hierher zu kommen. Die Vertreibung aus dem Paradies. Punkte sind eben Punkte. Und gut!

Nah am Teich stand eine verwitterte Holzhütte, das alte, kleine Pumpenhaus für die Hauswasserversorgung. In dem düsteren Raum gab es einen großen, vernagelten Kasten, einen Absatz, unter dem die Pumpe manchmal bedrohlich grummelte. Dem Geheimnis dieses Geräusches musste Es-chen auf die Spur kommen. Es kletterte unter Einsatz all seines Mutes durch das Gestrüpp den Hang hinab und kroch von unten unter das Häuschen. Es lauschte. Nichts. Enttäuschung. Trotzdem, lieber schnell raus, es könnte ja doch gefährlich sein.

Diese Hütte war ein verwaister, unheimlicher Ort. Hier musste einmal irgendetwas passiert sein. Warum stand sie überhaupt hier? Irgendetwas würde einmal über das Häuschen hereinbrechen und über das kleine Mädchen, das hier in der Einsiedelei lebte. Es-chen konnte sich nicht vorstellen, dass das Häuschen wirklich unbewohnt war. Vielleicht war es ein Räubernest, ein Feen-Ort, ein geheimer Treffpunkt. Es musste immer auf der Hut sein, leise und vorsichtig, um nicht ertappt zu werden. Dieser Ort war gerade richtig für Es-chens Abenteuer. Immer wieder schlich es sich an, um spukhafte Gestalten zu ertappen. Es huschte hinein und kauerte sich in die dunkelste Ecke, unter der es manchmal so schrecklich rumorte. Es wartete und wartete, hörte sein eigenes Herz klopfen, so laut, dass es damit die bösen Geister verscheuchte.

Wenn sich die großen Jungs aus der Nachbarschaft hier mit seinem Bruder trafen, musste es besonders vorsichtig sein. Die schmiedeten Pläne. Davon sollte Es-chen nichts erfahren. Sie verscheuchten es, sobald es zu nahe kam. Manchmal rissen sie plötzlich die Tür auf und guckten kurz raus, ob sie wirklich allein waren. Hinterm Holunderstrauch das Es-chen, das sahen sie nicht. Aber an solchen Tagen hatte es keine Chance.

Keine.

An anderen trug es Essensvorräte, Schätze, Decken und andere überlebenswichtige Dinge, eine Kerze und ein Buch hier herein. Das alles brauchte es dringend, falls plötzlich der

Winter einbrach. Bis es aber auf das Essen angewiesen war, hatten die Katzen oder die Ratten es aufgefressen. Es fand nur noch schimmelige Krümel. Die Decke war feucht und stank. Ein hartes Los.

Weil die Tür in den rostigen Angeln so wunderbar gespenstisch quietschte und nur mit viel Kraft auf und zuging, arbeitete sich Es-chen daran ab. Besonders bei Regen im Dunkeln war das aufregend. Das war so spannend, als sei Dornröschen zu früh aufgewacht.

Die Hausgänse auf dem Lösch– und Karpfenteich

Böse Ahnungen

Max war Es-chens Begleiter bei seinen Erkundungen und Abenteuern in Wald und Flur. Dieses Mäxchen war ein Panjepferd, das heißt soviel wie "Kleiner Herr", ein zähes, russisches Arbeitspony, dass der Krieg ins Sauerland verschlagen hatte. Die beiden stromerten querfeldein, krabbelten durchs Unterholz, erforschten fremde Wege und spazierten besonders gerne über bemooste Lichtungen. Es-chen warf sich auf den weichen Moosteppich und genoss die Sonne, wie sie durch die goldgrünen Blätter flimmerte. Da fasste es etwas Kaltes, Rundes. Es schaute hin, ein ovales Eisenstück. Niemand hat es ihm gesagt, aber Es-chen wusste sofort, was es war. Es sprang auf, sprang aufs Pferd und galoppierte nach Hause. „Ich habe eine Bombe gefunden!" Jetzt waren alle in Alarmbereitschaft.

Wer mit ihm dorthin ging, wo es eben noch so beschaulich gelegen hatte, weiß es nicht mehr. Es durfte sich der Lichtung nur von weitem nähern und nur dorthin zeigen, wo es das Eisenei gesehen hatte. Auch, was daraus geworden ist, weiß es nicht.

Auf seinen Ritten fand es einmal ein Lager. Halb verdeckt im Laub lagen Dinge, die es nicht kannte, Blechsachen und Uniformen. Die runden Eisenpötte, die dort lagen, benutzten sie später auf dem Hof zum Hühnerfüttern, Stahlhelme. Die Erwachsenen erzählten, dass sich deutsche Soldaten nach der Kapitulation hastig im Wald umgezogen haben, damit die Engländer, die sie aufspüren, gefangen nehmen oder erschießen wollten, sie nicht sofort erkannten. Woher hatten die Soldaten die Kleidung, um sich umzuziehen?

Keine Ahnung.

Meistens durfte Es-chen in der Gosse im Kuhstall Pipi machen. Große Geschäfte musste es aber auf dem richtigen Klo im Klohaus auf dem Hof machen. Das war ihm unheimlich. Die weiß getünchte, kahle, kleine Zelle vermittelte ihm das gleiche Gefühl wie die geheimnisvollen Erzählungen von Lagern und Kasernen, in denen Menschen eingesperrt wurden. Warum sie „gefangen genommen" wurden, wusste niemand. Wie lange, sagte niemand. Wer einen einsperrte, auch nicht.

Kann doch sein, dass man hier eingesperrt wird. Lieber den Haken an der Tür nicht zumachen und die Tür einen Spalt breit offen lassen.

"Front", „Kaserne", „Volkssturm", „Gefangenschaft" und „kriegsversehrt", das sind schlimme, unheimliche und angstmachende Wörter. Papa sprach oft davon, er machte große Gesten, wenn er von General Rommel, dem „Wüstenfuchs" schwärmte. Wenn Papa „General Rommel" sagte, dann rollte er das R. Das dröhnte machtvoll. Der Wüstenfuchs war aber kein Tier, das ahnte Es-chen. „Umkommen", was heißt das? Und „im Felde bleiben"? Papa schwärmte vom Führer: „Unter Adolf hätte es das nicht gegeben!" – „Was?" – „Na die vielen Verbrechen, das ganze Gesocks und arbeitsscheue Gesindel heutzutage. Ich sach' nur: Rübe runter!" Auch dabei rollte er wieder das R. „Es war nicht alles schlecht unter Adolf! Der hat die Autobahnen gebaut. Bei dem gab's keine Arbeitslosigkeit.", hat Papa gesagt.

Einmal ist Es-chen mitgegangen, als Papa und Mama eine Familie besucht haben, die einen komischen Apparat

hatte. Das war eine Kiste mit Licht drin, da konnte man rein-
gucken und wenn der Mann Glasbilder reinsteckte, dann war
das, als wenn man ganz tief und weit in eine andere Welt
guckte, beinahe so, als wenn man selbst in dem Kasten drin
wäre. Er hat die Vorhänge im Wohnzimmer zugezogen.
Fast dunkel war es in dem Zimmer mit den groß geblümten
Polstermöbeln. Dann hat er Bilder in den Kasten rein
gesteckt. Blumen und Tiere in Afrika. Da war eine Giraffe.
Die hat der wirklich gesehen, hat er gesagt. Es-chen fand, die
sah jetzt auch noch ganz lebendig aus. Drumherum war alles
gelb. Das war die Wüste. Dann haben nur noch die Erwachsenen geguckt und geflüstert und sind ganz ernst geworden.
Und der Mann hat gesagt, er hat das alles, was sie da sehen,
wirklich erlebt.

Als sie die Vorhänge wieder aufgezogen und Kaffee
getrunken und Kuchen gegessen haben, haben sie wieder
gelacht. Da hat der Junge, der sich mit dem Kasten auskann-
te, die Bilder der Erwachsenen noch mal rein gesteckt und
Es-chen gucken lassen. Schreckliche Bilder! Da lagen Männer
im Dreck, die hatten Stahlhelme auf. Es sah, wie sie aufeinan-
der geschossen haben, und da war ein Haufen Menschen, die
lagen da wie Lumpen. Dann wieder waren ganz viele Soldaten zu sehen, die marschierten. Und ein Flugzeug, aus dem
fielen Bomben, und der Junge hat ihm auch alles erzählt, was
weiter passiert ist. Als einer von den Erwachsenen sah, was
die Kinder da machen, ist er aufgesprungen und hat den
Kasten ausgemacht. „Das ist nichts für Kinder!" Aber die
Bilder haben Es-chen nicht wieder losgelassen.

Seitdem wusste es, was es hieß, wenn sie sagten
„Alfredchen ist gefallen", oder: „Das hat der aus dem Krieg!",

wenn jemand zitterte oder ganz verunstaltet aussah. Und wenn jemand nur ein Bein hatte, sagten sie: „Das hat er im Krieg verloren." Aber es wusste, ein Bein verliert man nicht einfach. Es durfte ja nicht fragen, warum und wie das passiert ist.

Es-chen wusste, was ein Stahlhelm ist, aber was das mit Stalingrad zu tun hat und warum der und der und der in Stalingrad geblieben ist, hat ihm keiner gesagt. Und von einer Stalinorgel haben sie erzählt. Das muss etwas ganz Grausames gewesen sein. Aber mit Papa und Mama und allen, die es lieb hatte, hatte das gar nichts zu tun. Trotzdem war das ganz, ganz gefährlich und konnte irgendwann plötzlich wiederkommen und alles zerstören. Immer, wenn sie davon sprachen, verstand Es-chen nichts, auch weil sie oft flüsterten. Das machte alles noch viel schlimmer.

Oma Emma, Papas Mama, saß morgens immer ganz nah vor dem Radio und hörte den Suchdienst. Alle wussten, Alfred ist gefallen, aber das hat Oma nicht glauben wollen. Sie hat jahrelang jeden Morgen den Suchdienst des Deutschen Roten Kreuzes gehört. Wenn Es-chen viele Jahre später die wenigen Töne der Melodie hörte, die vor dem Suchdienst gespielt wurde, kriegte es immer noch so eine Erwartungsangst, genau wie Oma sie gehabt hat. Was, wenn der Mann auf einmal doch noch aus dem Krieg kommt, obwohl alle dachten, er sei tot?

Die Leute, die im „Hintersten Zimmer" wohnten, dem mit dem separaten Eingang, sind bald wieder ausgezogen. Das waren Flüchtlinge, die waren „einquartiert". Komisches Wort. Flüchtlinge, haben die Großen gesagt, sind ein ganz armes Gesocks. Eigentlich wollten sie die nicht auf dem Hof haben. Das hat Es-chen genau gespürt. aber da konnte man nichts machen. Die musste man aufnehmen, darum hat Papa sie geduldet. Einer von denen hat mit Gemüse gehandelt. Der hatte sogar ein Auto, eins mit drei Rädern und einer Ladefläche. Darauf standen Holzkisten für das Obst und Gemüse. Aber was das mit dem Krieg zu tun haben sollte, dass sie hier waren? Irgendwas musste es aber damit zu tun haben.

Es-chens Wohnhaus mit Garten

Im Wiesental

Der steile Hausgarten vor dem Haus war von einer himmelhohen Hecke zur Weide hin begrenzt. Gleich daneben führte ein schmaler Fußweg mit Rittersporn und Weißdornduft hinab in die Wiesen im Tal. Quergelegte Stämme verhinderten, dass der matschige Boden weggeschwemmt wurde. Diesen Grastreppenweg stürmte Es-chen oft hinunter. Papa fuhr mit seinem Fuhrwerk die Serpentinentrasse herunter. Rex, der sanfte Goldfuchs, brachte als Einspänner jeden Morgen mit dem Gig die Milchkannen durch den Wald des Nachbarn zur Straße und durch das Volmetal zur Molkerei. Es-chen hat zugeschaut, als die Serpentinen angelegt wurden. Es hat gesehen, wie sich die Raupe und der Bagger in den Hang fraßen. Rex hatte es nun leichter, ins Tal zu kommen, aber der Hang war zerstört.

Karg lag die verwundete, steinige Erde da. Es-chen nahm den verwachsenen Weg neben Papas Frühapfel-Baum vorbei an der stacheligen Hecke. Im Frühling schmeckten ihre Blätter lecker sauer. Es-chen liebte die Wiese mit ihren Butterblumen, Lampenputzern, Vergissmeinnicht und Wiesenschaumkraut. Das Bächlein bohrte sich aus dem Teich heraus ins Tal und sprang geradezu in seine Zauberwelt.

Reste eines winzigen Stauwehrs mit einem verrosteten, löchrigen Eisenschieber steckten in dem geborstenen, weich bemoosten Beton, der einen Brückenbogen für Zwerge bildete. In Es-chens Mikrokosmos war das die Ruine einer verschwundenen, manchmal auch nur verwunschenen Burganlage. Es legte eine eigene Landschaft an mit Hölzchen und Stöckchen, mit Steinen vom Grund, Grassoden und

Wurzeln vom Ufer. Es nahm Anpflanzungen vor, steckte Zäunchen und legte Begrenzungsmauern.

Bäuchlings lag es vor dem Gemurmel und Geplätscher. Es sang dazu und erzählte sich selber Elfen- und Königinnen-Geschichten. Es ließ das silberne Wasser durch seine Finger gleiten, baute Buchten und tiefe Schluchten, verrückte die runden Steine und beobachtete, wie sich ein kleiner Stausee neue Bahn brach. Wenn es sein Gesicht zwischen die Halme drückte, verschwand es in diesem undurchdringlichen Urwald. Je länger es sich ganz still verhielt, umso lebendiger und lauter wurde das Leben ringsum. Das war ein Gekriech, Gesumm, Gebrumm, Gekreisch und Gestrampel. Winzige Käferlein bestiegen es und Grillen fiedelten, was das Zeug hielt — Heupferde, gepanzerte Rösser landeten und stießen sich zum nächsten, gewaltigen Sprung wieder ab — die Erde bebte, die Halme winkten ihnen nach.

Und über allem ein gleißendes Zelt, ein Himmel, dass ihm die Augen tränten, und brausende Düfte. Nur nicht rühren! Die Köpfchen der Grashalme nickten ihm zu. „Wat wär's du so klein, du mien Kingerland un kämest so grout mi doch fuer" und einige Zeilen später: „wo im Wiesken dei Biecke flout (...)". War es nur ein einziges Mal, dass es mit einem ausgehöhlten Brötchen das Kristallwasser schöpfte, es herausschlürfte und dann die saftige, salzige Hülle gerade noch vor dem Auseinanderfallen verschlang? Köstlich!

Einmal, als es aus der Schule kam, war alles anders. Die Wiese stand unter Wasser. Ein gespenstisches Bild. In jedem Tümpel, jeder Lache, aus jedem Mauseloch zappelte etwas. Der Damm, der das Wasser im Teich halten sollte, war gebrochen. Alle Fische waren mit den Fluten herausgestürzt und drohten zu sterben. Es-chen schrie um Hilfe. Mit Eimern und Wannen rannten alle, die Fische zu retten. Die Restaurants in der Umgebung haben viele Fische gekauft, aber die schweren, trägen Karpfen mit ihren bemoosten Rücken schwammen noch tagelang in den Bottichen hinterm Haus. Niemand wollte sie haben. Sie sagten, die schmecken modrig.

Für Es-chen war es ein schreckliches Unglück, die Fische sterben zu sehen, für die Erwachsenen ein herber, finanzieller Verlust. Damit so etwas nicht wieder passiert, hat später ein Bauunternehmen einen Betondeich am Teich gebaut mit einer Konstruktion, die Papa unerklärlicherweise „Dom" nannte, obwohl es sich doch um einen Schacht in der Erde handelte.

Den Namen der Firma konnte Es-chen einfach nicht vergessen, Firma Krause, weil Frank, der Sohn des Chefs, für Es-chen die absolute Attraktion war mit seinen schwarzen Wuschellocken und schwarzen Augen. Braun gebrannt der nackte, drahtige Oberkörper. Es hatte natürlich rein zufällig immer mal wieder am Teich zu tun oder musste auf seinem Weg daran vorbei. Frank arbeitete mit einem verwegen aussehenden, pockennarbigen „Haudegen" zusammen, den sie „Schnuller" nannten und von dem sie behaupteten, der habe die Welt gesehen und als Fremdenlegionär in Afrika viel erlebt. Schnuller war kein normaler Arbeiter. Der hatte etwas Tierisches an sich – und doch die Achtung der Erwachsenen, das reizte Es-chens Neugier.

Haudegen und Fremdenlegion geisterten ihm seitdem im Kopf herum.

Keine Ahnung, was das war, das musste was zu tun haben mit Mut und Abenteuer, lange, lange vor seiner Zeit.

Mit der Atmosphäre und den Bildern der arbeitenden Männer am Teich ist eine Sehnsuchtsmelodie verbunden, die Es-chen immer wieder in den Sinn kommen will, es aber nicht schafft. Es wird keine Ruhe finden, bis sie aus den verschwommenen Erinnerungsfluten auftaucht und noch mehr Bilder wie Perlen heraufholt, sobald es das Lied singt.

Im Wiesental

„Dampe Kamel"

Das Wortspiel „Dampe Kamel" hat Es-chen erfunden. Die Anekdote dazu hat Mama ihm später erzählt. Und zwar so: Papa hat sich oft über seine Knechte und Mägde geärgert, und als es wieder einmal nicht so klappte, wie er es sich vorgestellt hatte, hat er Maria ausgeschimpft: „Du bist ein verdammtes Kamel!"

Das hat Es-chen gehört.

Nun führte auf der anderen Seite des Wiesentales am Hang eine Eisenbahnlinie entlang. Mehrmals am Tag fuhren in der Ferne die Dampfzüge durch den Wald. Man hörte ihr Tuten und sah, wie sie die weißen Rauchwolken aus ihrer Lok hinter sich herzogen.

Mama hat zu Es-chen gesagt: „Guck mal, die Dampf-lok!" Da hat Es-chen geantwortet: „Dampe Kamel".

Papa gebrauchte oft Wörter, die andere Leute nicht brauchten. Deren Sinn verstand Es-chen meistens ruckzuck, auch wenn es nicht genau wusste, was sie wirklich bedeuteten.

Wenn es Pipi musste, sagte er: „Du bist eine kleine Strülldose." Und wenn ihm jemand einen unverschämten Witz erzählte und er ihn dann genauso weitererzählte, sagte er vielleicht: „Jambaleia, der Dullheuer hat mir erzählt (...)".

Ein Dullheuer ist vielleicht ein Draufgänger, dachte Es-chen, und das stimmte. Jambaleia war nämlich der Spitzname für den Milchkontrolleur, der monatlich mit seiner „dicken Maschine", seinem Motorrad, auf den Hof kam. Der dröhnte immer: „Jambaleia!", wenn er von seinen meist erotischen Abenteuern erzählte. Irgendwann kam Jambaleia nicht mehr.

Er ist mit seiner schweren Maschine auf der Volmestraße unter einen Lastwagen geraten.

"Böllemann" ist auch so ein Wort. Wer kennt das heute noch? Allenfalls als Wort für Nasenpopel. Für Es-chen war das aber so etwas wie „der schwarze Mann", jemand, vor dem es sich fürchten sollte. Warum überhaupt, das hat es nie verstanden.

Es-chens Vater

Kleine Fluchten

Es gelang Es-chen nur selten, dem Alltagsleben zuzusehen, ohne selbst eingespannt zu werden. Wenn irgendjemand seiner ansichtig wurde, musste es etwas tun. Es musste arbeiten, um sich damit „das Salz im Fressen zu verdienen". Das waren Botengänge, Handlangerarbeiten, Holz holen, Saubermachen, Tiere treiben, sie holen oder versorgen. Oft waren es Arbeiten, die ihm körperlich viel zu schwer waren. Und recht machen konnte es Es-chen sowieso grundsätzlich niemandem.

Von dieser Untugend der Erwachsenen, alles zu kritisieren, wurde Es-chen verfolgt, bis es von Zuhause fortging. „Das fasst man so an und nicht so! – So macht man das nicht! – Das geht so nicht! – Mach das richtig! – Wie oft soll ich dir das noch sagen! – Trödel nicht!" Papa sagte regelmäßig, „Mach voran!" mit scharfem R und drei N.

Mama sagte: „Man stiehlt mit den Augen!", was hieß, dass Es-chen schon längst hätte wissen müssen, wie etwas gemacht wird, ohne dass es jemand erklärt. Und wenn es einmal nach dem Warum fragte, gab es meistens die Antwort: „Weil ich das sage!" Andere Begründungen und Erklärungen hatten sie selber nicht und wenn, dann waren die von so weit hergeholt, dass sie Es-chen sofort wieder davonliefen.

Manchmal gelang es Es-chen, sich davon zu stehlen. Das war so schön. Der Gedanke daran zaubert ihm heute noch ein Lächeln ins Gesicht. Da saß es hinter Sträuchern verborgen auf einem toten Baumstamm, träumte, es könne die Geheimschrift der Wurmgänge in der abgebrochenen Baumrinde lesen oder verfolgte mit einem Halm das Labyrinth der

Wurmgänge im Stamm.

So viele Fragen gab es, die sich einfach ergaben, aber mit dem Betasten, Bestaunen und Bespielen auch wieder vergingen – wie alles vergänglich ist. Woher die Würmer kamen, wer sie waren, warum sie sich hier hineingegraben hatten und wohin sie gegangen sind, das war doch ein unbeantwortbares Rätsel. Oder?

Wie kann ein fetter, weicher, weißer Engerling so blank und sauber in der Erde leben? Und warum windet der sich so? Wohin will der? Will er in die Erde zurück? Was wird aus ihm, wenn Es-chen ihn beerdigt? Ist ein Engerling einfach ein Engerling oder ist der vielleicht eine verzauberte Prinzessin? Kann doch sein? Oder?

Aus den schwarzen Punkten im Froschleich werden ja auch urplötzlich Kaulquappen. Und die sind dann von einem Tag auf den andern einfach weg. Es-chen hat nie gesehen, wie sie sich in ein Fröschlein verwandelten. Genauso hat es noch nie, nie gesehen, wie sich der Froschkönig in einen wunderschönen, schwerreichen Prinzen gewandelt hat.

Später musste Es-chen lachen. Da war es schon groß, als eine Frau verschmitzt sagte: „(...) dass mir nur ja keine den Frosch küsst!" Es-chen hätte zu gerne einmal einen Frosch geküsst. Das hatte es schon versucht mit der dicken warzigen Kröte, der mit den goldenen Augen. Die hatte sie am allerliebsten, das war die Schönste. Es hat nichts genützt. Später dachte es: Zum Glück!

Es-chen liebte auch Rapunzel. Aber so schön wie Rapunzel war es nicht. Rapunzel hatte einen langen, dicken, goldblonden Zopf. Mit seinen zwei braunen, dünnen, stramm geflochtenen Zöpfen konnte Es-chen nicht darauf hoffen, gerufen zu werden, daran konnte sich niemand heraufhangeln. Zu ihm kam kein Prinz. Es würde also nie eine Prinzessin sein.

Mann im Mond

„Kuhmagd!"

Oh, wie verletzt war es, als einmal ein fremder Besucher Es-chen mit dem verhassten Tätscheln auf die Backe und den Worten begrüßte: „Na, du kleine Kuhmagd!" — Kuhmagd hat er gesagt, wie erniedrigend! Das hat Es-chen bis ins Mark getroffen. Wie kam dieser Mensch nur dazu! Es schaute an sich herunter. Sieht so eine Kuhmagd aus? Das hat es nicht gewusst. Das wollte es nicht. Das durfte nie wieder passieren. Es schämte sich und rannte weg.

Irgendwann später, als es älter geworden war, verabscheute es den Kuhmist und die Silage mit ihrem unerträglichen Gestank. Es hasste die Bremsen und die widerlichen Schmeißfliegen, die wie ein schwarzer Belag auf den dunstigen Kuhrücken hausten, die einem auf der verschwitzten Haut klebten und mit jedem Verscheuchen mehr Nahrung zu finden schienen. Grüne Scheißespritzer backten all überall. Die Kühe hauten mit ihren Schwänzen rein und schlugen Es-chen mit ihren verschmierten Quasten über die Haut. Sie rülpsten ihm beim Wiederkäuen das scharfsüße Gas ins Gesicht. Sie trafen es mit ihren Hörnern, weil sie einen Fliegenschwarm verscheuchen wollten, just in dem Augenblick, in dem es ihnen die Kette um den Hals legte.

Die Melkeimer mit den schweren Melkzeugen waren kaum von der Stelle zu bewegen. Wenn Es-chen aber die Deckel der Melkeimer, an denen je zwei Melkzeuge mit Zitzenbechern und Schläuchen hingen, abmachte, damit es die Eimer mit der frischgemolkenen Milch darin hochheben konnte, brüllte Papa es an. Das durfte es nicht tun, weil Schmutz in die Eimer kommen konnte. Und wenn es den schweren Eimer nicht hoch genug bekam, um die Milch in die Seihe auf der Milchkanne zu schütten und die Seihe kippte und die Milch schwappte heraus, dann hagelte es Flüche und Verwünschungen.

Die frische Mistmatsche wurde zwischendurch immer wieder mit einem Metallschieber in die Gosse gezogen. Aber wenn die Kühe auf den blanken Beton kackten, spritzte Es-chen der grüne Brei bis in die Haare. Trotz Gummistiefel, Kittel und Kopftuch stank es von Kopf bis Fuß wie eine, wie eine — sag's doch!: Kuhmagd. Wie Es-chen das ekelte! Dabei liebte es die Kühe wirklich, diese gutmütigen, gemütlich schaukelnden Tiere mit den blanken Nasen, die so selbstverständlich alles mitmachten, wenn Es-chen ihnen nur ihre Gewohnheiten und ihre Zeit ließ. Sie ließen es sogar auf sich reiten.

„Mama, das kotzt mich an!" Mama konnte das nicht verstehen. Mit moralischen Ansprachen, die ihm ein schlechtes Gewissen machten, bekämpfte sie Es-chens abrundtiefe Abscheu und seine Wut auf Gestank, Scheiße und Geschmeiß. Für Mama kam das einer Verunglimpfung der Familie und des gesamten Bauernstandes gleich.

Es-chen bei den Kühen

43

Was ein Häkchen werden will, …

Diese Bestätigung, Ermahnung und Drohung begleitete Es-chen tausendfach. Trotzdem, eine Kuhmagd würde es nie, nie werden! Niemand auf dem Hof konnte sich vorstellen, dass es jemals etwas anderes werden könnte oder gar wollte, als ein Häkchen, eine billige Arbeitskraft, und später dann die unverheiratete „Tante auf dem Hof", die Frau fürs Grobe.

In der Erwachsenwelt gab es nur Erwachsenenprobleme. Alles, was davon ablenkte oder neue Probleme sichtbar machte, störte. Man ignorierte es, wehrte es ab und wertete es ab. Kinder hatten keine Probleme zu machen. Wenn welche auftauchten und sich nicht im Keim ersticken ließen, gab es Druck. Mama schaute traurig, weil sie fürchtete, das „schwererziehbare" Kind in ein Erziehungsheim geben zu müssen, und Papa drohte damit, es „an die Erde zu schlagen".

Auf dem ganzen Hof gab es keinen einzigen vertrauens-würdigen Erwachsenen. Wenn Es-chen das glaubte und Oma oder den Dienstmädchen gegenüber ehrlich war und sich öffnete, sich kritisch, widerständig oder überfordert zeigte, wurde es bei der nächsten Gelegenheit prompt denun-ziert. Dann musste es eine Moral- und Strafpredigt über sich ergehen lassen, die sich gewaschen hatte. Es-chen ließ sich nicht beirren. Allein zu sein in seinen Zufluchtsorten in der Natur, das tat ihm gut. Das machte Mut. Sich zurückzu-ziehen war nicht Feigheit, sondern seine Art, zu weichen und Frieden zu finden. Seine Frechheit und sein „dickes Fell" täuschte es nur vor. Papa verstand das nicht: „Du verfluchtes, faules, freches Aas! Nichts als Widerworte! Rotziges Blag!"

Es-chen hatte ein feines Gespür für Gerede hinterm Rücken und die Geheimniskrämereien der Erwachsenen, für schmuddelige Geschichten und gehässige Bemerkungen. Die Zoten und die Witze der Großen waren nicht für Es-chens Ohren bestimmt, aber da man seine Gegenwart selten bemerkte und ihm auch nicht zutraute, dass es das verstand und behielt, erzählten sie unverfroren die „schlimmsten Sachen". Gaunereien und üble Nachrede gehörten also auch zu dem erlauschten Informationsschatz. Es-chen merkte sich alles und setzte dieses Repertoire gezielt ein. Wenn man frech und vorlaut ist und wenn man ein kodderiges Mundwerk hat, nehmen einen die Erwachsenen wahr. Sie lachen und tun verlegen. „Woher es das nun wieder hat!"

So machte Es-chen sich interessant. Dachte es. Leider kam das meistens nicht so gut an. In der Schule war das jedenfalls ein unversiegbarer Quell für Aufmerksamkeit. Es hagelte Ermahnungen, Tadel, Drohungen, Eckestehen in der Klasse, Rauswürfe und schlechte Zensuren. Es-chen begriff das nicht. Bei den Männern funktionierte das doch auch. Es drehte auf und legte noch ein Brikett nach, Marke „Dreckiger Witz". Davon hatte es ständig neue auf Lager. Aber das machte alles nur noch schlimmer. Manchmal passierte es ihm allerdings auch ungewollt, es rutschte ihm einfach im falschen Augenblick raus.

Die Spitznamen zum Beispiel, die Papa allen Menschen gab, mit denen er zu tun hatte, waren meist verletzende Abwertungen. Es-chen wusste wohl, dass „Nasenkönig" nicht der Nachname des Hofhelfers war, aber es gebrauchte ihn, genau wie Papa, nur eben nicht hinterm Rücken. „Nasenkönig, Essen kommen!"

Puh, war der sauer auf Es-chen.

Es-chen kannte tausend grobe Schimpfwörter, wilde Schimpfkanonaden und Flüche in Reihe. Die hörte es ja täglich. Das war Material, mit dem sich arbeiten ließ. Es-chen kreierte Wortspiele. Einmal sollte es Makulatur im Maler-laden kaufen. Es ging rein, verlangte Kackelatur und tat so, als kenne es den richtigen Namen gar nicht. Die Erwachsenen wollten die Gelegenheit nicht ungenutzt lassen, dem uner-zogenen Kind endlich ein bisschen Bildung und Anstand zu vermitteln. So entspann sich im Laden ein groteskes Hin und Her. Es-chen gab nicht auf und musste schlussendlich ohne Makulatur nach Hause gehen.

Da bekam es gleich die nächste Abreibung. Mama war enttäuscht und klagte: „So was sagt ein Mädchen doch nicht. Du bist doch so ein schönes Mädchen (...)!" Sie predigte, so nannte Es-chens Bruder das. Ihre moralischen Anwandlungen fanden kein Ende. Papa lachte hemmungslos, wenn er von Es-chens Eskapaden hörte. Ihm gefiel das. Und das gefiel Es-chen. Das ist ja wohl einen Rüffel wert! Frage es heute mal jemand nach Beispielen, es verschießt eine ganze Batterie von Flüchen. Vorsicht! Das schockt!

Es-chen kaschierte seine zarte Seele, seine Verletzlichkeit, Schwäche und Verlegenheit mit Übermut, Frechheit, Schlag-fertigkeit, mit Schnodderigkeit und vor allem mit – Schnel-ligkeit.

Wohl wissend, dass seine Unterlegenheit als Nachgebore-ne, aber auch durch sein Geschlecht vorbestimmt war, suchte es doch immer wieder nach Auswegen. Ein Ausweg war es, sich unsichtbar zu machen. Andere Auswege waren seine Träume und Visionen. Die halfen gegen Angst oder Wut nach dem Motto: „Wenn ich einmal groß bin, dann kann ich's dem oder dem oder dem!"

Die Erwachsenen hatten, wie gesagt, ohne wenn und aber, seine Rolle auf dem Hof längst vorbestimmt, jetzt wo es schon mal da war und man es durchfütterte. Ihr Augenmerk war auf Wohlverhalten und Diensteifer gerichtet. Fehler und Schwächen wurden prompt geahndet. Die Erwartungen waren schließlich nicht hoch. Fähigkeiten, die im bäuerlichen Alltag nicht gebraucht wurden, waren Spinnerei und wurden als alberner Kram abgetan. Weit entfernt von jeglichem Wohlwollen war es schon Förderung, übersehen zu werden. Das nutzte Es-chen für sich. Das ließ seiner Seele Zeit zum Wachsen und schenkte ihm ungeahnte Freiräume. Darum hat es schon früh gelernt, sich unsichtbar zu machen und gut schlecht hören zu können. Abgelegene Winkel, dunkle Verstecke, dichter Wald, Einsamkeit, auf Bäumen hocken, hinter Ecken stecken und vor allem, mit dem guten alten Panjepferd Mäxchen unterwegs sein, das war Schutz vor Willkür und Grobheit. Das war Freiheit und Abenteuer.

Manchmal vergaß es darüber seine Pflichten und erschrak. Sein Fortbleiben würde irgendwann auffallen. Dann hatte es ein Problem. Wie lange musste es wegbleiben, bis sich die Erwachsenen Sorgen machten und sich freuten, wenn es schließlich doch heile wieder nach Hause kam? Es war aber gar nicht sicher, ob sie es vermissten und noch weniger, ob sie es überhaupt wiederhaben wollten.

Quälende Zweifel mischten sich mit Hunger und Sorgen. Wie konnte es Papas Tobsuchtsanfall überstehen und noch schlimmer, sich vor Mamas Anklagen und Vorwürfen retten, der es ungewollt so viel Kummer bereitet hatte.

Wie hatte es nur so undankbar sein können, so lieblos, würde Mama sagen, die doch immer alles für ihr Kind tat und sich solche Sorgen gemacht hat. Wie konnte Es-chen ihr das nur antun! Das war nicht auszuhalten, darum schlich es über den Heuboden in das „Alte Zimmer", das war eine Rumpelkammer, die zum Flur über der Küche führte. Von dort konnte es vielleicht hören, ob es schon vermisst wurde und welche Mutmaßungen angestellt wurden. Vielleicht freuten sie sich, wenn es lebend zurückkam. Nichts dergleichen. Es hörte nur Küchengeräte klappern, die Zeitung rascheln und Papas Schnaufen.

Darum schlich es sich leise in sein Kämmerchen und kroch ins Bett. Es wollte sagen, dass es schon ganz, ganz lange schliefe. Aber der Schwall von Schimpfen und Vorwürfen ließ nicht lange auf sich warten. Es konnte von Glück sagen, dass Mama versprach, es vor Papas Zorn zu bewahren. Das steckte sie ihm jedes Mal, wohl wissend, dass Papa dafür nicht einmal hinter seiner Zeitung aufgetaucht wäre.

Mäxchen

Der Lauscher an der Wand

Papas Mama, Oma Emma bewohnte im Obergeschoß zwei Zimmer und ein Flürchen mit Waschbecken. Im Flürchen gab es einen Mantelstock, so hieß die Nische mit Vorhang, in der Jacken und Mäntel hingen. Für Es-chen war das eine Zeit lang ein wunderbares Versteck.

Oma wurde von Mama mehrmals täglich mit allerlei Köstlichkeiten gut versorgt. Sie brachte ihr die leckersten Speisen, Gebäck, Früchte, Saft, geschlagene Eier mit Rotwein, weich gekochte Frühstückseier, heißen Kaffee und Brot, von dem die Rinde abgeschnitten war. Die Brotrinden nuckelte Es-chen wie Zuckerstangen. Es-chen fand, da war nichts zu meckern, aber Oma war nie zufrieden. Papa versorgte sie mit Informationen über den Hof und die Landwirtschaft. Er besprach mit seinem Mütterchen alles, von Anschaffungen, Arbeiten, Querelen in der Familie und mit dem Gesinde und seine sonstigen Sorgen, bis hin zum richtigen Erntezeitpunkt für das Heu. Sein „Mütterken", wie er sie nannte, war sein zentraler Bezugspunkt auf dem Hof. Mama zählte nicht, sie wurde niemals nach irgendetwas gefragt. Sie hatte nichts zu sagen, war außen vor. Das merkte Es-chen wohl.

Oma war sehr misstrauisch und sorgte sich stets, unzureichend oder falsch unterrichtet zu werden oder hintergangen zu werden. Sie wollte sich vergewissern und schlich oft auf den Flur über der Küche, um die Gespräche unten zu belauschen. Ihre Hände zitterten, und weil sie sich am wackeligen Treppengeländer festhielt, rappelte und klapperte die ganze Konstruktion. Sie merkte das nicht, weil sie es nicht anders gewohnt war.

Aber in der Küche wussten immer alle, wann sie oben stand und zuhörte.

Es-chens Bruder, von Geburt Chef, sagte dann unvermittelt und scharf: „Tach, Omma!" oder mitten in der Unterhaltung laut: „Stimmt's Omma?" Das Rappeln hörte auf. Sie schlich zurück in ihre Wohnumg. Die Erwachsenen rügten den Erbhofbauer nur halbherzig. Heimlich zwinkerten sie sich zu und lachten darüber.

Die Würde des Menschen ist antastbar!

Jeder redete hinter dem Rücken über jeden. Alle wussten das. Darum versuchte jeder, herauszufinden, was der oder die andere wirklich dachte und sagte. Es-chen wurde so wenig wahrgenommen, dass es viele Gelegenheiten hatte, dieses System ungestört zu studieren. Ehrlich und offen zu sein, leistete sich niemand. Und wenn, hätte das erst recht niemand geglaubt. Etwas zu wissen, was andere nicht wissen, sichert Einflussmöglichkeiten. Das ist Macht.   Es ist sinnvoll, Wissen nur mit Vertrauten zu teilen.

„Flüstern in't Ohr is nix von wohr." Flüstern in Gegenwart anderer war eine übliche Kommunikationsform. Auch Es-chen musste lernen, es auszuhalten, dass es nicht alles wissen durfte und dass über es geredet wurde. Wahrscheinlich wurde schlecht geredet, sonst hätten sie ja nicht zu flüstern brauchen. Jeder versuchte, andere gegeneinander auszuspielen. Alle spielten dieses Spiel mit, auch wenn sie sich darüber beklagten. Aber wenn Es-chen sich darüber beklagte oder dagegen auflehnte, war das unnormal. Wenn es mitmachte, aber genauso: „Der Lauscher an der Wand hört seine eig'ne Schand'!", sagte Mama oft, noch bevor Es-chen überhaupt wissen konnte, was Schand' ist. Aber selbst wenn es das gewusst hätte, was wäre denn seine Schande gewesen? Es hatte doch nichts getan, wofür es sich hätte schämen müssen. Was war denn seine Schande? Das Ertapptwerden beim Lauschen vielleicht. Das hat es ja erlebt, als Oma sich davongeschlichen hat. Wenn aber Lauschen so ungehörig und verboten war, dann musste es doch etwas Besonderes sein. Dann konnte Es-chen vielleicht auch einen Nutzen daraus ziehen.

Einmal legte es sich platt auf den Fußboden im Flur über der Küche. Es wollte zuhören, was sich die Großen in der Küche erzählen. Aber es war dasselbe wie immer. Schließlich ist ihm ganz kalt geworden und langweilig. Es-chen bot sowieso keinen Gesprächsstoff, warum auch.

Gewitterhimmel

Im Fenster

Das Zimmerchen über der Küche gehörte Es-chen und seiner Schwester. Die meinte aber, es gehöre eigentlich ihr alleine und duldete die „Kurze" nur bei Wohlverhalten. Wenn sie keine Lust auf seine Anwesenheit hatte, dann hatte Es-chen zu verschwinden. Das war meistens der Fall.

Wenn sie Freundinnen aus der Schule mit nach Hause brachte, hatte Es-chen schlechte Karten. Aber genauso oft war die große Schwester gar nicht zuhause. Dann hatte Es-chen das Reich für sich.

Es kletterte über einen Stuhl auf die Fensterbank und ließ die Beine nach draußen baumeln. Es-chen saß verbotenerweise gerne auf der Fensterbank. Tagsüber war das riskant. Man hätte das faule und nutzlose Blag, die Plage, ertappen können. Abends konnte es ungestört beobachten, wie wilde Wolken dahin jagten, wie sich der Himmel rot färbte oder wie schwarze Wolkenwände aufzogen. Es sah die Rehe am Hang gegenüber, wie sie mit ihren Kitzen ästen. Wenn die Luft voll Regen hing und Sturm brauste, wenn der Himmel grün und düster wurde und sich alles ins Haus rettete, dann kletterte es auf den Stuhl und klemmte sich quer ins Fenster.

Den Naturgewalten so nah zu sein, war schaurig schön. Die Blitze zischten und der Donner krachte, als wollte sich die Erde auftun und alles verschlingen, nur Es-chen nicht. Das saß hier, bis die dicke Luft sich abgekühlt hatte, der Regen ihm auf die nackten Beine klatschte und es fror.

Dann kletterte es herunter und schloss das Fenster. Immer zu spät. „Warum lässt du es denn reinregnen! Wisch das sofort auf!"

Der Liebe Gott sieht alles

Der kann sogar sehen, ob du unter der Bettdecke heimlich mit der Taschenlampe in Büchern schmökerst, obwohl du doch längst schlafen sollst, ob du geklauten Naschkram futterst oder mit den Fingerchen am Pipichen rumfummelst. Jedenfalls verrät der das Mama. Die kommt dann gucken.

Im „unteren Keller", ganz unten, wo das Wasser durch die Spalten im Felsengewölbe heruntertropft und über die Steinstufen fließt, dachte Es-chen, bis dahin kann der Liebe Gott bestimmt nicht gucken. Da musste es die Kartoffeln mit Keimen, so lang wie Nikolausbärte, heraufholen. Aber selbst da wusste der, was los war — sagte Mama. Darum ging Es-chen mit Gottvertrauen dort hinunter und holte eimerweise die schrumpeligen Kartoffeln, die es abzukeimen hatte. Eine funzelige, nackte Glühbirne, die schief an ihrem Kabel hing, beleuchtete kaum den schmalen Kriecheingang,

Vater unser, der du bist im Himmel ...

Es-chens Vater behauptet, er könne alles und wisse alles. Darum muss es tun, was er will. Wenn es fragt: „Aber warum denn?", sagt er nur, „weil ich das sage!" und schnauft. Ein Vater müsste eigentlich wie Gott sein. Es-chens Vater ist das aber nicht. Der ist gemein. Der liebe Gott ist wie ein richtiger Vater. Der ist ein gütiger Gott. Deswegen heißt er auch „Gottvater" und „Liebergott". So, und mitsamt seinem Sohn und dem Heiligen Geist weiß er alles, versteht alles und

verzeiht alles. Das ist gut!

„Weißt du, wieviel' Sternlein stehen an dem weiten Himmelszelt?" Kannst du gar nicht wissen, aber „Gott, der Herr hat sie gezählet, dass ihm auch nicht eines fehlet an der ganzen großen Schar". Das muss man sich mal vorstellen! „Der kennt auch mich und hat mich lieb!"

Es-chen war sich ganz sicher. Darum hat es ihm auch alles erzählt, abends allein unter der Bettdecke, auch den ganzen Unsinn, den es gemacht hat. Es hat ihm erzählt, was es noch alles machen will und erleben und unternehmen will. Und weil es danach so gut einschlafen konnte, war es fest davon überzeugt, dass es stimmt, dass Gott im Himmel an allen Menschen seine Lust und sein Wohlgefallen hat.

Es hat ihm auch seinen ganzen Kummer erzählt und gehofft, dass er seine Sorgen versteht. Und weil er es nicht gleich bestraft hat, wenn es mal was ausgefressen hat, wusste es, dass es keine Sünde begangen hat. Mama sagte nämlich immer: „Die kleinen Sünden bestraft der liebe Gott sofort!"

In der Jagdhütte, oben im Wald am Weg zu Oma, wohnten am Wochenende manchmal die Kinder vom Jagd-pächter. Die kamen aus dem „Kohlenpott" und waren katholisch. Die erzählten komische Sachen, zum Beispiel dies: Wenn sie Blödsinn machen wollten, dann würden sie vorher in die Kirche zum Beichten gehen. Da bekämen sie ein paar „Vater unser" auf oder müssten ein paar „Ave Maria" auf-sagen und danach gingen sie los, Kirschen klauen oder so was. Kirschen klauen. Das konnte Es-chen sich gar nicht vorstellen, die gab's doch im Obsthof sowieso. Naja, gut, Erdbeeren und Himbeeren sollte Es-chen auch nicht weg-naschen, die waren zu kostbar. Machte es aber trotzdem manchmal, ohne zu beichten. Für die Kinder aus der Stadt muss das richtig aufregend gewesen sein, weil der Nachbar hinter ihnen herrannte, brüllte und sie anzeigen wollte und sie über den Zaun flüchten mussten.

Dann hatten sie „ganz schön Schiss", dass der das ihrem Papa erzählen würde.

Alle paar Wochen kam ein dünner, grauer Mann auf den Hof. Der saß lange schweigend am Küchentisch, aß mit oder trank Kaffee und wenn er wieder ging, ließ er zwei oder drei Hefte auf dem Tisch liegen. „Der Wachtturm" stand da drauf. Niemand sprach ihn besonders an und er erzählte auch nicht, warum er kam. Hinterher wurde gemunkelt und oft auch gelacht, weil der eigentlich Jehovas Königreich anpreisen wollte, sich aber nicht traute. Sie sagten auch, er habe einen Schaden aus dem Konzentrationslager zurückbehalten, und dass er ein guter Mensch sei.

Papa schimpfte über die „verdammten Pfaffen". Warum, das hat Es-chen nie verstanden. Niemand widersprach ihm. Oma auch nicht.

Oma hörte jeden Sonntagmorgen beim Frühstück im Bett den Gottesdienst im Radio. Dann sang sie mit zittriger Stimme und Tränen in den Augen zu dieser kreischenden Orgelmusik und betete laut und deutlich zusammen mit der murmelnden Gemeinde. Das beeindruckte Es-chen sehr. Vielleicht kannte es darum schon so früh das „Vater Unser" auswendig. Oma las viel in ihrer Bibel und klagte jahrelang jeden Abend im Gebet, ihr Herrgott möge sie doch in dieser Nacht endlich zu sich nehmen. Hat er nicht gemacht.

Steinalt ist sie geworden.

Es-chens Schulweg

war etwa drei Kilometer lang. Er führte durchs Wiesental und des Nachbars Wald zur Siedlung. Dann ging es weiter durchs Flusstal, am Schmiedehammer vorbei bis zur Gaststätte „Tannenbaum" und in den Ort hinein.

Manchmal ging Es-chen über einen Berg, von dem aus es sein ganzes Zuhause sehen konnte, das geduckte weiße Bauernhaus am Hang, die Scheune und die Hofweiden. Das Klohaus war hinter Bäumen versteckt. Auf diesem Berg, der Windfuhr hieß, weil darüber immer der Wind fuhr, ist doch klar, da wohnte Alfred, ein rotbackiger Bauernjunge. Wenn Es-chen den abholte, um mit ihm zusammen weiter zur Schule zu gehen, kam es in die niedrige, dunkle Bauernküche. Sein Vater saß hinter dem Tisch, neigte sich zur Seite, hob eine Pobacke an und drückte, bis sein Kopf noch dicker und noch röter wurde, als er schon war. Dann furzte er mit Donnerschlag. Das sollte Es-chen beeindrucken oder schocken.

Tat es aber nicht. Ehrlich gesagt, fand es das nur dumm. Das stank fürchterlich.

Alfred, so erzählten die Leute wieder und wieder, wollte Es-chen heiraten. Er hat es gefragt, ob es ihn heiraten wolle. Da hat es geantwortet: „Ich will Zirkusreiterin werden!" Er: „Dann kann ich dich nicht gebrauchen. Ich brauche eine Bäuerin!" Geklärt.

Manchmal war Es-chen nicht ganz up to date. Mama meinte es gut, aber mit den ekligen braunen Leberwurststrümpfen fühlte es sich doch zu hinterwäldlerisch, wenn alle anderen Mädchen weiße Söckchen oder Kniestrümpfe trugen. Es steckte Kniestrümpfe in den Tornister und zog sie im Wald an. Die fiesen langen Strümpfe stopfte sie zwischen die Hefte und Bücher — fertig. Selbstwert gerettet.

Es-chens Schulweg wurde immer wieder durch kleine Erlebnisse bereichert. Es hatte unterwegs gut zu tun, traf Leute, fand etwas oder „verspielte sich". Jede Jahreszeit bot etwas anderes. Im Winter zog Rex einen dicken Baumstamm durchs Wiesental hinter sich her. So hatten die Kinder einen schmalen Pfad im hohen Schnee. Die Füße wurden trotzdem oft nass. Das kannte Es-chen aber, das passierte genauso auf jedem anderen Schulweg im Gras im Morgentau.

Die alte Schule war im Zentrum des Ortes gewesen. Man hat sie einfach abgerissen. Zur neuen Schule ging es einen steilen Berg hinauf. Um dahin zu kommen, konnte Es-chen abkürzen, wenn es hinter der Schmiede einen schmalen Fußweg vorbei an den Gärten lief. Aber auch hier holte es sich jedes Mal nasse Füße, wie da, „wo, im Wiesken dei Biecke flout".

Jeden Maulwurfhaufen kannte Es-chen und jeden Baumstumpf. Im Frühling pflückte es seine geliebten Buschwindröschen und Schlüsselblumen. Es klebte sein verbotenes Kaugummi bis zum nächsten Schultag an einen Zaunpfahl. Es zählte die Pfähle vom Tor aus. Aber wenn es das abklaubte, dann schmeckte das Ding doch nicht so lecker wie gedacht, selbst wenn es noch ein Pfefferminzklümpchen hineinkaute. Es blieb hart und fad.

Der Nachbar wollte nicht, dass die Kinder durch den Wald an seiner Grundstücksgrenze vorbeigingen. Er mochte Papa nicht. Darum hatte er es verboten und den Weg abgesperrt. Papa ist deswegen vor Gericht gezogen und hat sich fürchterlich aufgeregt, weil er nicht das Recht bekommen hat, den Weg weiter zu nutzen. Es half nichts. Es-chen musste nun den weiten Weg über den Hang hinterm Hof zur Siedlung laufen. Da holte es Marianne ab, um mit ihr zusammen zur Schule zu gehen, aber davon später.

Die Schule hatte ihren Namen von Pestalozzi, der als Pädagoge Vorbild für alle Lehrer sein sollte. Den bewunderte Herr Schulte, Es-chens Klassenlehrer und Schulrektor. Darum erzählte er den Kindern oft davon.

Für Es-chen ist Pestalozzi noch heute ein Ideal und Weltverbesserer, genau wie Albert Schweitzer und wie Herr Schulte.

Es-chen geht
zur Schule

Schule

1951 kam Es-chen in die Schule. Die alte Volksschule war ein wuchtiger roter Bau. Das doppelte Schultor war dunkel und schwer. Gab es einige Treppenstufen hinauf zum Tor oder erschien es ihm nur so riesengroß? Direkt hinter dem Schultor führte eine breite, ausgetretene Holztreppe, die nach Leinöl roch, in den gekachelten Flur und weiter ins Obergeschoss. Das dicke, hölzerne Treppengeländer hatte Noppen, Knöpfe aus Eisen, damit die großen Jungen nicht immer darauf herunterrutschten.

Die Klassenräume waren riesig und die Fenster so hoch, das man auf die Fensterbank klettern musste, wenn man auf den Schulhof gucken wollte. Der war von einer Mauer umgeben. Dicke Linden wuchsen darin.

Endlich, endlich war Es-chen ein Schulkind, ein „I-Dötzchen", sagten die Großen. Sein erster Lehrer, Herr Vahlefeld, war ein freundlicher, ruhiger Mann. Er hatte nur einen Arm. Der linke Ärmel seines Jacketts steckte fein säuberlich in seiner Jackentasche. Er ist in Es-chens Erinnerung grau und leise, aber er lächelte vertrauenerweckend. Das war gut. Bei ihm hat es die Bilder in der ersten, blauen Fibel bunt gemalt und sich an den Buchstaben erfreut.

Es-chen weiß nicht mehr, ob es zwei oder drei Jahre lang in diese Schule gegangen ist, bis es mit allen anderen Kindern in die neue Schule auf dem Haunerbusch umziehen konnte. Es war stolz, in so eine helle, schöne Schule gehen zu dürfen. Die hatte sogar eine Aula, das war etwas ganz Besonderes. Es-chen wusste lange nicht, was das ist, eine Aula. Ein Festsaal. Ja, aber als es das erste Mal da hineindurfte, ist es in

Ehrfurcht erstarrt. Wie riesig der Saal war! Die Saaldecke war ganz und gar aus Holz. Weit hinten in der Tiefe gab es eine Bühne mit einem schweren Vorhang. Manchmal haben sie in einer kleinen Gruppe um ihren Musiklehrer in einer Ecke in der Aula gesessen und gesungen.

Das war wunderbar, obwohl es immer furchtbar kalt war. Hier wurde nur zu besonderen Anlässen geheizt. Einmal war so ein Anlass. Es-chen hat allein auf der Bühne gestanden. Es hat auf plattdeutsch ein Gedicht vorgetragen. Wie es da so ganz vorne am Rand der Bühne stand und mit fester Stimme gesagt hat, „Wat wär's du so klein du mien Himmelriek, mien gülden Kingerland", da hat sich der Bürgermeister in der ersten Reihe mit dem Taschentuch Tränen aus den Augen gewischt. Das hat es genau gesehen! Eine schöne Schule war das. Die Flure waren breit und hell. Die offenen Treppen mit den blauen Metallgeländern konnte man in einem Husch hinuntersausen. Eine schöne Schule, Es-chens Schule!

Eins hat es aber nie verstanden. Warum gab es zwei Schulhöfe und warum durften die Kinder von dem einen Schulhof in den Pausen nicht auf den andern Schulhof gehen? Waren die Kinder vom andern Schulhof anders oder älter oder was? Was hatte das mit Es-chen zu tun? Wie war es selbst? Wie waren die andern? Warum sie getrennt wurden, hat ihm nie jemand erklärt. Es hat mal einer behauptet, der große Schulhof sei für die evangelischen, der kleinere für die katholischen Kinder, aber ob das stimmt? Der Keller war schrecklich. Da gab es fensterlose, lange, kahle, gekachelte Flure. In einem verließartigen, klinisch kahlen Raum wurde jede Woche einmal Schein-Ertränken praktiziert. Das verfolgte Es-chen bis in seine Träume. Es hatte grässliche Angst davor. Aber es gab kein Entrinnen. Alle Kinder wurden in einen Umkleideraum gesperrt, mussten sich ausziehen und in knapp bemessener Zeit gemeinsam duschen. Niemand hat Es-chen gesagt, dass es nicht ertrinkt, wenn ihm Wasser in die Augen und in die Nase läuft. Wenn die Kinder nicht schnell genug fertig waren, stellte Frau Kruthoff die Duschen einfach auf „kalt". Es war entsetzlich!

Im Keller gab es übrigens einen Raum, der war nur für die Jungen. Der war toll. Werkbänke standen darin und in den Regalen lagen viele wunderbare Werkzeuge. Schade, die Mädchen durften hier nicht rein. Sie mussten häkeln, während die Jungen hobelten. Leider!

Frau Kruthoff stand immer ganz kerzengerade und streng vor den Kindern. Ihre steifen, hochgeschlossenen Blusen waren am Hals mit einer Schmuckspange verschlossen. Immer stand sie vorne, fremd, säuerlich, kühl. Einmal, ganz am Anfang, hat Es-chen einen Anranzer bekommen. Es hat beim Morgengebet laut herausgetönt, was seiner Nachbarin passiert ist: „Marianne hat sich in die Hose gemacht!" — Stimmte doch!

Morgens zum Schulbeginn sangen die Kinder.

„Die güld'ne Sonne, voll Freud' und Wonne, schenkt unsern Grenzen mit ihrem Glänzen ein herzerquickendes liebliches Licht". Toll, obwohl Es-chen nicht verstand, warum das quiekte, das Licht. Und zum Schluss sangen sie: „Unsern Eingang segne Gott, unsern Ausgang gleichermaßen." Wunderschön, würdig für den Moment, in dem Es-chen, so gerne es auch zur Schule ging, in die Freiheit entlassen wurde. Segen ist wie Beschützen, Aufpassen.

Wenn Gott das macht, kann ja nichts schiefgehen.

Zum Geburtstag durften sich alle Kinder ein Lied wünschen. Es-chen nicht, das hatte ja immer in den Weihnachtsferien Geburtstag. Aber wenn es sich eins hätte wünschen dürfen, dann hätte es sich gewünscht: „Großer Gott, wir loben dich". Das sang es gerne aus voller Kehle und in seiner tiefsten Stimmlage.

Als Es-chen schon vernünftig in der Schule mitarbeitete, tat es das gerne, interessiert und aufmerksam. Nicht beim Rechnen, das ging immer zu schnell und über seinen Kopf hinweg, aber beim Schreiben, das ging durch seinen Kopf hindurch und floss direkt in die Hand. Aufregend waren Diktate. Es-chen schrieb sie gerne. Es schrieb schnell, unleserlich und oberflächlich. Es sah und sieht bis heute gerne, wenn sich Zeilen füllen. In der Schule genoss es die Schreibgeschwindigkeit, die dem Diktiertempo hemmungslos folgte. Versessen aufs Schreiben war es ganz bei der Sache. Als die Lehrerin zwischendurch einmal einen hilfreichen Tipp gab: „Das (...) wird großgeschrieben", da hat Es-chen das Wort groß GROSS geschrieben. Die Lehrerin hat es nachher gefragt, warum denn das Wort GROSS geschrieben sei. „Aber, das haben Sie doch gesagt!" Die Lehrerin fühlte sich auf den Arm genommen und hat Es-chen gemaßregelt. Dem fiel erst jetzt der Fehler auf – der ja auch wirklich keiner war.

Es-chen hatte keinen Grund, stolz auf seine Zensuren zu sein. Aber sein Zeugnisheft, fand es, war ein Schatz von besonderem Wert, sein erstes richtiges Dokument. Allerdings stand darin mehrmals, dass sein Verhalten auch in diesem Halbjahr wieder getadelt werden musste. Das graue kleine Heft mit dem tintenblauen Schutzumschlag wurde Halbjahr für Halbjahr mit handgeschriebenen Zensuren und darunter mit wichtigen Unterschriften versehen, links die geschwungene offizielle und daneben die von Mama in ordentlicher Schreibschrift. An einen Kommentar der Eltern über die schlechten „Kopfnoten" kann Es-chen sich nicht erinnern, entweder weil die sowieso wussten, dass es rotzfrech war und dass alles Schimpfen vergebens war, oder weil es ihnen schlicht egal war.

Blue Jeans waren top modisch. Sie waren Es-chens Traum. Blue Jeans und sich fühlen wie, wie, wie — keine Ahnung — jedenfalls irgendwie frei und unschlagbar, dachte es, das wär's. Es-chen durfte sich vom Ersparten eine Blue Jeans kaufen. Es war glücklich! Es hat den Neuerwerb im Geschäft gleich gegen die brave alte Hose getauscht und ist schubi dubi nach Hause geflitzt. An einschlägige Kommentare erinnert es sich nicht.

Kurz darauf fand ein Schulausflug statt. Die Mädchen hatten aufgetragen bekommen, anständig im Rock zu erscheinen. Anständig mitzufahren in einer niegelnagel neuen Jeans, war nicht erlaubt. Als Es-chen taktisch klug im letzten Moment vor Abfahrt des Busses in der Gruppe erschien, hatte es damit gerechnet, übersehen zu werden. Diesmal nicht! Es bekam einen diskriminierenden Verweis und die Bustür knallte vor seiner Nase zu.

Die andern hatten ihren Spaß und Es-chen durfte sich nach Hause schleichen.

Etwas später hat irgendjemand es darüber aufgeklärt, dass das Objekt seiner Begierde, mit Stolz und Coolness getragen, ein Ladenhüter, ein ausgeleierter Schinkenbeutel war, eine schlabberige, viel zu große und weite, rote, lappige Jeans. Und von wegen Blue, diese rotlila Mischfarbe trägt doch kein waschechter Cowboy! Es half nichts, sie musste „aufgetragen" werden.

Herr Schulte, Es-chens zweiter Klassenlehrer, war ein schlabberiger, dicker Mann mit Triefaugen. Er hauchte seine Brille immer von beiden Seiten an, um sie mit seinem Taschentuch abzuwischen. Dazu steckte er sie halb in den Mund. Praktisch, darum hat Es-chen sich das auch angewöhnt.

Herr Schulte war ein strenger Mann mit unantastbarer Würde. Es-chen verehrte ihn. Er war freundlich zu ihm. Es-chen hat sogar erfahren, wie es bei ihm zuhause war. Er lebte mit einer Lehrerin zusammen, Anny Wienbruch, die jeden Tag ihren fetten, schwarzen Hund Moritz mit zur Schule brachte. Sie wohnten in einem weißen Haus mit Garten. „Teheeme" stand an der Hauswand. Es-chen war ganz stolz, dass es manchmal mit ihm gehen durfte, bis am Nachmittag die Flötengruppe anfing oder der Konfirmanden-Unterricht.

Einmal hat es sich blamiert. Es kam mit Herrn Schulte zusammen in seinen Garten. Da entdeckte er, dass ihm eine Rose gestohlen worden war. Um die fatale Situation zu entschärfen oder ihn zu trösten, krähte Es-chen Mamas Weisheit heraus: „'N Blumendieb hat Gott lieb!" Oh je! Wie der guckte. Er hat nicht gefragt, woher es das denn wisse, aber er war plötzlich sehr komisch, befremdet sozusagen.

Mama bekam jeden Monat die Zeitschrift „Elternhaus und Schule". Damit hatte Herr Schulte auch irgendetwas Wichtiges zu tun. Was, das wusste Es-chen nicht genau. Frau Wienbruch schrieb Bücher. Einen ganzen Raum voller

Bücher hatten die beiden. Rundum waren alle Wände voller Bücher und mittendrin durfte Es-chen am Tisch sitzen und Schularbeiten machen. Das tat es, von Ehr und Furcht erfüllt.

Einmal ist Herr Schulte seinen eigenen guten pädagogischen Vorsätzen wohl untreu geworden. Anstatt im Unterricht aufzupassen und mitzumachen, hatte Es-chen Karos zum „Schiffe versenken" aufgemalt. Er erwischte es dabei und hat ihm eine geklebt. Dabei flog die Brille runter — kaputt. „Das sag' ich!", verkündete Es-chen laut. Er gab ihm fünf Mark. Die hat es auf dem Heimweg gleich in Schnuckereien umgesetzt. — Passiert ja mal, dass einem die Brille kaputtgeht.

Oh je, einmal hat es sich eine Scheußlichkeit geleistet, die darf man eigentlich gar nicht erzählen. Es-chen hat sich deswegen lange, vielleicht jahrelang geschämt. Es hat auf einen Zettel geschrieben: „Laubfroschs Pimmel ist edel. Laubfroschs Arschloch ist glänzend". Wie entsetzlich! Diesen Zettel hat er Es-chen abgenommen. Noch viel schlimmer als die schmutzigen Wörter war die Bezeichnung „Laubfrosch". Bestimmt wusste er, dass das sein Spitzname war. Es-chen mochte ihn doch, es achtete ihn und hatte Respekt vor ihm. Eigentlich wollte es doch nur eins, von ihm anerkannt werden. Und nun dies! Das war nun ein für allemal vorbei.

Wahrscheinlich hat er Mama angerufen. Und die hat ihm (wie immer) gesagt, dass das alles an den Umständen zuhause liege und am Hof und an Papa. Dann hat sie Es-chen wieder einen Vortrag gehalten, bei dem ihm so heiß wurde, bis sich alles in ihm zusammenzog und ihm sogar das Gehirn schrumpfte. Es konnte nach solchen Sitzungen auf Mamas Schoß gar nicht mehr denken. Sie zog Es-chen dicht zu sich heran, redete eindringlich, redete ihm ihre Enttäuschung und ihren Schmerz geradezu ein. Aber Laubfrosch hat Es-chen gegenüber nie ein Wort über den verdammten Zettel verloren. Das war ein starkes Stück. Das hat es ihm hoch angerechnet.

„Ein feste Burg ist unser Gott" ist fest mit Herrn Schultes Persönlichkeit verbunden. Er verehrte Martin Luther und, wie gesagt, Albert Schweitzer. Er hat den Kindern oft von Lambarene erzählt. Frau Wienbruch hatte eine kleine Holzfigur auf einem Kasten. Das war ein „Neger", ein bittender schwarzer Mann. Alle nannten ihn „Bimbo". Wenn man dem ein Geldstück auf die Hände legte und auf einen Knopf drückte, fiel es klackernd in eine Kiste. Die Kinder spendeten gerne für Lambarene.

Ob Es-chen nach dem unseligen Vorfall mit dem Zettel je wieder bei Herrn Schulte zuhause gewesen ist, weiß es nicht mehr. Das durfte es ja auch nur, wenn die Hausmeisterin der Schule, Frau Ladwig, mittwochs mal nicht da war. Bei Herrn Schulte saß es etwas ängstlich an dem mit weißer Tischdecke und weißem Geschirr gedeckten Tisch im Esszimmer. Gut, dass es so klein war, da war die Gefahr, zu kleckern nicht ganz so groß, weil der Weg von Löffel und Gabel zum Mund nicht so weit war. Alle hatten eine Serviette, auch Es-chen. Es wurde immer nur ganz wenig auf den Teller getan. Das war vornehm. Bei Frau Ladwig gab es „Brühkartoffeln". Statt in Salzwasser wurden die Kartoffeln mit einem Brühwürfel gekocht. Sehr lecker! Da manschte man alles durch und konnte futtern und futtern. Derweil fuhrwerkte Frau Ladwig in der Küche herum und fragte dies und das. Sie fragte Es-chen und hörte ihm zu.

Das tat ihm gut.

Sie war eine herzensgute, eine mütterliche Frau. Ihr Mann war Schmied. Der hatte unglaublich große Schaufelhände und ist irgendwann der Hausmeister in der Schule geworden. Da war die Schmiede geschlossen und Es-chen konnte auf dem Heimweg nicht mehr in dem düsteren, verräucherten Raum an dem riesengroßen, glühend heißen Schmiedefeuer stehen und zugucken, wie mit ohrenbetäubendem Krach glühendes Eisen in Form geschlagen wurde. Wumm tacktacktack, wumm tacktacktack.

Dafür freute sich Es-chen immer, wenn es ihn wie einen gemütlichen Bären auf dem Schulhof oder in den Fluren sah. Es lief kurz zu ihm hin, grüßte ihn und er lachte. Wenn der da war, konnte ihm nichts passieren!

Der Hausmeister, der später in der Schule war, hasste Kinder. Vor dem versteckte Es-chen sich lieber. Der hat nicht mal geantwortet, wenn es ihm „Guten Tag" gesagt hat. Der war unfreundlich, spiddelig und griesgrämig.

Eigentlich fand Es-chen Schule ganz schön. Weg von Zuhause, Neues erfahren, mit anderen Kindern zusammen sein. Aber warum ist es bloß so oft angeeckt? Es war wirklich nicht frech, eigentlich sogar recht schüchtern. Manchmal wurde es rausgeschmissen, nur weil es während des Unterrichts geredet hat. Es fand, es muss nicht still dasitzen, wenn es längst fertig ist. Einmal hat es auf dem Flur gestanden und darauf gewartet, dass es wieder reindurfte. Da ist ein anderer Lehrer vorbeigekommen und hat gefragt, warum es während der Unterrichtsstunde vor dem Klassenzimmer steht. Es mochte ihm nicht sagen, dass es vor die Tür gesetzt worden war und hat gesagt: „Mir ist schlecht!" Da hat der Lehrer nur gesagt: „Soso! Du bist schlecht!" und ist weitergegangen.

Das hat es ihm nie verziehen!

Es gab immer so viele spannende Sachen zuhause und auf dem Schulweg. Es-chen freute sich, wenn es etwas fand, das es in die Schule mitnehmen konnte, um es den Kindern und den Lehrern zu zeigen. Vielleicht kannten die ja keinen Maulwurf oder einen Salamander oder einen Eichelhäherflügel. Aber die hatten dafür leider gar kein Verständnis. Es wurde ange-schnauzt, was es da für einen fiesen Kram anschleppte, wenn es die puschelige, frisch gestorbene Maus oder ein totes Vögelchen aus der Tasche zog. Solche Objekte verlangten es schließlich, gewürdigt und erklärt zu werden!

Wie gesagt, Schule ist schön, aber sie ist auch mit Pein-lichkeiten, mit Nicht-Verstanden-Werden und Rüffeln ver-bunden. Trotzdem: Es-chen gab nie auf! Doch, manchmal schon, zum Beispiel beim Rechenkaiser.

Rechenkaiser, das war ein ganz schreckliches Spiel. Das erzeugte in Es-chen ein nachhaltiges Trauma. Was das mit Schule und Lernen zu tun haben sollte, hat sich ihm nie erschlossen. Das geht so: Alle Kinder stehen. Die Lehrerin stellt eine Rechenaufgabe. Wer zuerst das Ergebnis schreit, darf sich setzen. Wer sich setzen darf, bestimmt die Lehrerin. Da kann man nur staunen. Aber dann ist man nicht schnell genug, um die Antwort herauszuschreien. Die Sorge, doch wieder das Letzte zu sein, erzeugt eine stupide Leere im Hirn und prompt ist Es-chen wieder die Einzige, die steht. Steht da allein, überragend, mit hochrotem Kopf und möchte doch am liebsten im Erdboden versinken. Alle lachen.

Grammatik war auch so ein Elend. Das Wort kannte Es-chen noch nicht einmal, als es mit Regeln zum Schreiben konfrontiert wurde, die es bis in seine Träume bedrückten, statt sich zu erklären, Tu-Wort, Für-Wort und Wie-Wort, dann die lebenslänglich unverstandene Zeichensetzung. Wenn es die Lehrerin nach den Gründen für diese Willkür fragte, bekam es meistens zur Antwort: „Das ist eben so! Das musst du auswendig lernen!"

Das fehlte gerade noch! Wenn Es-chen aber einen Aufsatz zu schreiben hatte, das war wunderbar. Endlich durfte es auch mal Schularbeiten machen! Das war für die große Schwester selbstverständlich. Wer wie sie für eine Höhere Schule Schularbeiten machte, der brauchte nicht zu helfen. Sie musste nicht die Kühe treiben, etwas holen oder wegbringen. Wenn sie sich danach verkrümelte und spielte oder sich mit ihren Freundinnen traf, meckerte niemand.

Wenn Es-chen endlich mal einen Aufsatz „aufhatte", dann schrieb es und schrieb. Dann konnte es endlich auch mal mit „Schul-"arbeiten argumentieren. Es schrieb zehn, fünfzehn, zwanzig Seiten hintereinander weg, ein ganzes Heft voll — und bekam prompt am nächsten Tag einen Rüffel, weil die Lehrerin keine Lust hatte, „den ganzen Quatsch" zu lesen. Hat sie wirklich gesagt! Dabei waren die Geschichten so spannend, auch wenn die große Schwester sie frei nach dem Heidedichter Hermann Löns verächtlich: „Laufkäfer-hasten-durchs-Gesträuch-Aufsätze" nannte. Sie verfehlten sicher nicht das Thema, auch wenn meistens Erlebnisse und Abenteuer mit Tieren darin vorkamen.

Lernen ist ein tolles Gefühl. Eintauchen in ein Thema. Staunen! Weiterdenken! Es-chen bekam nicht so oft Gelegenheit dazu. Wenn jemand seiner ansichtig wurde, hatte es auf dem Hof zu helfen. Wenn es bei den Schularbeiten etwas nicht verstand, hatte es keine Gelegenheit, Papa oder Mama zu fragen. Die Geschwister, die dazu verdonnert wurden, ihm zu helfen, sagten nur: „Du bist sowieso zu blöde!" Meistens verstanden die Großen Es-chen gar nicht. Schließlich verstand Es-chen sie nicht. Für seine Sehnsucht nach Lernen und Wissen gab es keine Ansprechpartner, keine Perspektive, kein Ziel, keinen Horizont. Ein „unnützes Blag", ein „faules Balg", eine „billige Dienstspritze" oder „auf dem Hof soll sie arbeiten!" Alles andere ist Verschwendung.

Als es um die Frage ging, ob Es-chen eine höhere Schule besuchen dürfe, entschieden die Lehrer: „Da ist nichts drin!", hat Papa jedenfalls gesagt. Der hatte das vorher schon entschieden. „Die heiratet sowieso! Unsere Älteste geht auf die Höhere Schule. Das reicht!" Es half nichts, dass die Tanten meinten, die Volksschule sei eine „Doofenschule". Es-chen ging weiter dorthin. Also war es doof. Es war eine große Enttäuschung, als die Mädchen, mit denen es am meisten anfangen konnte, auf einmal nicht mehr in die Schule kamen. Erst hat es das gar nicht begriffen, aber dann hat jemand gesagt, „Renate ist doch Fabrikantentochter!" – „Ja und?" – „Natürlich geht die jetzt auf die Höhere Schule. Die macht sogar Abitur." – Abitur? – Abitur!

Max und der Igel.

Mein Pferd Max war auf der Weide; ich wollte
ihn holen. Nun sah ich, daß Max immer
auf die selbe Stelle guckte. Ich ging noch ein
Stückchen, dann blieb ich stehn. Ich schaute
zu, was Max machte.

Er schaute also immer auf dieselbe Stelle,
auf den Igel mit den Stacheln. Er dachte:
„Ob ich das Ding mal anfasse? Wenn ich
mich bewege, springt es mir ins Gesicht"
Er stand noch immer auf der selben Stelle.
Endlich sah er mich; Er wieherte nach mir.
Ich kam näher zu ihm, tat ihm das Gebiß ein
und führte ihn ein Stückchen weiter.
Wenn er sprechen gekonnt hätte, hätte
er gesagt: „Was ist das für ein dummes
Ding, ich wollte es eigentlich mal an-
lassen, aber das war mir zu gefährlich.
Fortgehen konnte ich nicht, dazu hatte
ich zuviel Angst". Er war froh, daß er nach
Hause geführt wurde. Im Stalle trat er noch
nach hinten. Er hatte noch immer Angst,
daß der Igel hinter ihm her
                          lief

Max und
der Igel

71

Der Globus

Es-chen stand staunend vor der großen blaugrünen und blauen Kugel, die die ganze Welt darstellte. Unglaublich, unfassbar! Trotz der Erklärungen der Erwachsenen: Das geht gar nicht! Unmöglich, dass man nicht herunter- und herausfällt aus der Welt. In der Schule stand dieser Globus auf einem Gestell. Er war so groß, dass Es-chen ihn nicht einmal mit seinen Armen umfassen konnte. Wenn es seine Hand auf ein Land legte, verschwand das darunter. Die Erde drehte sich wahrhaftig. Sie drehte sich schneller und immer schneller, bis ein Lehrer kam und ihm verbot, mit der Welt zu spielen. Der Globus ist kein Spielzeug.

Einen Globus zu besitzen wäre das Schönste. Am liebsten so einen, der von innen leuchtet. Es könnte ganz tief in die Meere hineinschauen. Die Berge würden braun sein und ganz hoch aussehen und die Wüsten gelb. Es-chen würde über die Kontinente fliegen, ganz schnell und schon wäre es in der Mandschurei und würde da auf wilden Pferden durch die Steppe jagen. Mit dem Zeigefinger würde es auf dem höchsten Berggipfel der Alpen stehen und auf Italien heruntersehen.

Die Großen kannten alle Namen der Erdteile, Länder und Städte. So einen Leucht-Globus hatte es schon einmal angucken dürfen, aber ohne ihn anzufassen! Wenn es so einen Globus hätte, würde es die Welt verstehen. Nein, Es-chen bekam nie einen. Oder doch?

Einmal, auf einer Feier hat ihm jemand einen Luftballon geschenkt. Wenn man den aufblies, konnte man die verbogenen Länder erkennen, die wie Flecken im Blau schwammen. Und was war der Schnuller? Der Südpol. Pffft, war die Luft raus und die Erde verschrumpelte. Mit der alten Spucke drin verklebte sie in der Jackentasche. Beim nächsten Aufpusten ging ein Riss durch die Welt. Die Erde war unwiederbringlich vergangen. Eine einzige Enttäuschung.

Papa bekam einmal einen Globus geschenkt. Es-chen war genauso enttäuscht wie er, weil der so klein war, kaum größer als der Luftballon. Aber der hatte ein Kabel mit einem Schalter und leuchtete. Für ein paar Wochen stand er im Wohnzimmer, dann wurde er ausrangiert. Ein Globus muss Entdeckerlüste wecken mit seinen Schluchten, Gebirgen und Grenzen und mit dem unendlichen Blau seiner Ozeane.

Sonst taugt er nicht.

Es-chen mit
seinem Bruder
auf der Kirmes

Verloren und vergessen

Im Städtchen findet noch heute die traditionelle Pfingst-kirmes statt. Wenn die Kinder früher darum bettelten, hinge-hen zu dürfen, sagte Papa: „Als ich in deinem Alter war, wusste ich noch nicht mal, wie Kirmes geschrieben wird." Komische Antwort. Das war doch alles ewig lange her, ganz, ganz früher. Da gab es so was wahrscheinlich noch gar nicht. Das sagte der doch nur, um einen zu ärgern. Wie alt mag Es-chen gewesen sein, als es mit den Großen mitging zum Kirmesplatz in seinem lila Hängerkleidchen an einem sonni-gen Sonntagnachmittag? Vier Jahre vielleicht? Oder erst drei?

Vor lauter Staunen hat es nicht gemerkt, dass die Erwachsenen weitergegangen sind. Als es merkte, dass es zwischen den vielen, vielen Menschen allein war, ist es wie angewurzelt stehengeblieben, hat sich um- und umgedreht, gerufen und schließlich geschrien, und ist dann voller Panik losgelaufen. Einmal mussten sie es doch rufen hören! Eine unendlich lange Zeit war es fort, verirrt, verloren, vergessen. Wer war es, der es an die Hand genommen und den Erwachsenen wiedergebracht hat? Das hat es vor lauter Tränen und Erschütterung gar nicht mitbekommen. Dass es ausgeschimpft wurde, weil es weggelaufen ist, war nicht schlimm. Aber Kirmes ist nicht schön! Auf der Kirmes geht man verloren. Trotzdem: Selbst schuld! Völlig klar!

Darum ließ Es-chen auch Papa und das Fuhrwerk nie aus den Augen, wenn es mit ihm unterwegs war. Er redete, ver-handelte, scherzte mit Bekannten, mit seinen Kollegen und Geschäftspartnern und vergaß, dass er Es-chen mitgenom-men hatte. Er stieg einfach auf den Bock und fuhr los. Und

wenn Es-chen verzweifelt schrie: „Warte! Nimm mich mit!",
war er ungeduldig und barsch. Es war ihm lästig. Dabei fuhr
Es-chen so gerne mit. Es lauschte den wichtigen Gesprächen
und bestaunte in der Molkerei die blitzenden Kessel und
Armaturen und roch in der Genossenschaft das staubige
Mehl und den scharfen Dünger so gerne. Und es war so stolz
auf seinen Papa. Der kannte alle Welt, grüßte hier und da
und dort und alle kannten ihn. Er hatte immer einen flotten
Spruch auf den Lippen. Wenn es eiskalt war zum Beispiel:
„Dei Fliegen stiaket nich!" und die Leute lachten.

Mit Papa in Geschäften unterwegs zu sein, war spannend.
Es-chen nahm dabei selbst zu an Bedeutung. Es behielt alles.
Es wusste, was aus der Molkerei mit nach Hause genommen
wurde, Butter, Sahne, manchmal Käse. Das wurde in eine
leere Kanne gelegt, und für die Kälber wurden zwei Kannen
voll Molke gepumpt. Es kannte die Preise und Sorten von
Getreide und Kunstdünger. Es beobachtete die Handels-
bräuche beim Viehverkauf ganz genau. Es sah zu, wie Papa
nach langem Feilschen energisch in den Handel einschlug.

Wie stolz es war auf die Felder und Wälder! Besitztum
nannten sie es. Wenn Es-chen mit aufs Feld oder in den
Wald durfte, fragte es immer wieder: „Und dies, gehört uns
das auch?" Papa sagte dann: „Das ist unsere Welt!" Das muss
man sich mal vorstellen, eine ganze Welt. Es-chen dachte mit
Inbrunst darüber nach. Das war alles seins, seine vertraute
Heimat. Darum hatte es auch keine Angst in der Nacht oder
alleine in den finsteren, tiefen Fichtenwäldern. Es fragte und
fragte, guckte bei allem zu und spitzte die Ohren. Es kannte
die Namen der Jagdpächter und Nachbarn und wusste, was
die machen und wie die leben. Es wusste, wie man mit Holz-

fällern spricht, wer das Holz schlägt und wer es kauft und kannte den Unterschied von Raummeter und Festmeter und die Zeichen auf den geschlagenen Stämmen. „Meines Vaters Wälder", wiederholte Es-chen pathetisch.

Als die Gülleanlage gebaut wurde, da war die Bauerei auf einmal ein sogenannter Versuchsbetrieb. Es-chen platzte fast vor Stolz. Es warf in der Schule mit Daten, Fakten und Hintergründen zu Bau, Betrieb, Kosten und Krediten um sich und war gekränkt, als die Lehrer lachten. Dabei hatten die es doch eben erst neugierig ausgefragt.

Fuhrwerke vor der Genossenschaft

Papa und Mama

Es gab zwei Welten. Die da draußen, in der Papa den Hut zog und lachte und die zuhause, in der er fluchte und schimpfte und schnaubend in die Küche kam und eine „gute Tasse Kaffee" verlangte. Damit spülte er Spalttabletten herunter, weil er Kopfschmerzen hatte, und las die Zeitung. Da saß er manchmal stundenlang schnaufend hinter seiner Zeitung. Oft kam er kurz vor dem Mittagessen und wollte eine „heiße Tasse Suppe" haben. Die schlürfte er und kleckerte dabei auf den eben gedeckten Tisch.

Kurz vor dem Essen gab er sich an irgendeine Arbeit und kam nicht zum gemeinsamen Mittagstisch. Obwohl Mama schimpfte, konnte er sicher sein, ihm wurde das Essen warmgehalten und extra aufgetischt. Er hörte beim Mittagessen die Nachrichten im Radio und kommentierte sie. Das bewunderte Es-chen sehr. Ein Erwachsener verstand alles und konnte sogar noch etwas dazu sagen. Toll! Da war es gar nicht so schlimm, dass ihm beim Essen der Mund verboten wurde.

Zuhause war Papa unberechenbar. Er war mürrisch oder laut, und oft schrecklich ungerecht. Er brachte alle zum Weinen. Mama klagte: „Wir könnten es so schön haben! Wir könnten im Paradies leben, aber (...)." Es-chen fühlte sich dann immer ganz schlecht. Es wollte auch im Paradies leben, aber es tat nichts dafür, dass es eins wurde. Es wusste aber auch gar nicht, was es dazu tun musste oder nicht tun durfte.

Papas Wutausbrüche und seine Flüche trafen es unvorbereitet, unvermittelt, nur weil es zufällig im Weg stand. Das war alles. Es war schuldig, obwohl es eigentlich gar nicht von Bedeutung war. Manchmal wäre es lieber weggewesen.

Wenn Papa endlich die Tür hinter sich zuknallte, so laut, dass die Scheiben klirrten und beinahe der Putz von den Wänden fiel, dann war das ein Befreiungsschlag. Alle atmeten auf, auch Es-chen. Es hatte nichts mehr zu befürchten. Es sah es genau, Mama war genauso erleichtert. War Papa vom Hof gefahren, legte sie sich manchmal auf die Truhenbank hinter dem großen Esstisch in der Küche und streckte ihre müden Beine in die Luft. Wenn aber das Fuhrwerk auf den Hof fuhr oder wenn sie sein Stampfen, Schnaufen und seine groben Selbstgespräche draußen hörte, sprang Mama schnell auf und machte sich halb gebückt eilig am Herd zu schaffen.

Sie hatte, genau wie Es-chen, immer zu seinen Diensten zu sein. Egal, ob Mama gerade kochte, Vorräte einmachte, Wäsche wusch oder putzte: Wenn Papa auftauchte, hatte sie alles stehen- und liegenzulassen und für ihn zu arbeiten oder ihn mit dem Auto irgendwohin zu fahren. Warum er nicht selber fuhr, wusste Es-chen nicht, nur dass er wütend war, darauf angewiesen zu sein, dass sie ihn fuhr.

Ohne Mamas Wissen hat Papa einen Fernseher gekauft. Sie hätte das nicht gutgeheißen, wo es doch am Nötigsten fehlte und an Allem gespart werden musste. „Oh, diese ver-dammte Armut!", sagte sie viele Jahre später in Erinnerung daran.

Damit Mama nicht merkte, dass er den Fernseher gekauft hatte, hat er ihn auf dem Heuboden angeschlossen und dort ferngesehen. Niemand wusste davon, nur Es-chens Bruder und das Dienstmädchen, mit dem Papa sowieso oft im Heu war. Bis Mama dahinter kam, waren viele Wochen vergangen. Dann wurde der Fernseher im Wohnzimmer installiert. Man sah aber immer nur „Schnee". Darum musste immer jemand auf den Boden rennen und die Antenne ausrichten, bis Papa schrie: „Ja! Gut!", manchmal mehrmals am Abend. Gelang es einem nicht schnell genug, die Antenne in die richtige Richtung zu drehen, brüllte er durchs Haus bis auf den Boden unterm Dach. Als das irgendwann nicht mehr nötig war, lag er schlafend vor dem auf volle Lautstärke gedrehten Gerät und schnarchte wie eine Säge.

Mama war das Maß aller Dinge. Es-chens Leben lag buchstäblich in ihren Händen. Aber Mama war immer in Zeitdruck und Sorge, es allen recht zu machen. Sie hatte so viel zu tun, dass sie kaum Zeit für ihr Letztgeborenes hatte. Da es aber nun einmal da war, musste es versorgt werden. Wenn sie es an die Brust legte, so hat Mama erzählt, stand Papa schon hinter ihr: „Wie lange muss das kleine Balg noch saufen?!" Dann legte sie es schnell ins Bettchen zurück. Manchmal klemmte sie das Nuckelfläschchen mit Kissen fest, damit das Baby keine Zeit verschwendete und alleine trinken konnte. Dann passierte es wohl, dass das Fläschchen wegrutschte und es nichts zu trinken bekommen hat.

Ein andermal hat Mama es bei all ihrer Arbeit vergessen. Auch das hat sie ihm später erzählt. Sie hat nicht gewusst, dass Es-chen davon ein schlechtes Gewissen bekommt, weil es Mama so viel Last und Scherereien gemacht hat. Sie wäre auch entsetzt gewesen, hätte sie gewusst, dass Es-chen sich später daran erinnert und das auch noch weitererzählt.

„Erzähle immer, was wahr ist! Aber nicht alles was wahr ist, musst du erzählen", hat sie ihm eingeschärft.

Sie erwartete von Es-chen Dankbarkeit, weil sie es behalten hat, obwohl niemand es wollte. Das nannte sie Mutterliebe. Es-chen hätte nämlich eigentlich vier ältere Geschwister gehabt, wenn Papa Mama nicht gezwungen hätte, die Kinder wegmachen zu lassen. Er hat mit ihr geschimpft, genau wie Oma, sie solle doch aufpassen, dass sie keine Blagen bekomme. Aber nun war es da. Da war es doch nicht zu viel verlangt, wenn es sich dafür erkenntlich zeigte. Es-chen erinnert sich nicht an zärtliche Umarmungen., einfach so, ohne Grund. Aber es hatte Mama lieb und sorgte sich sehr um sie.

Einmal, da war es noch ganz klein, als Mama wieder einmal furchtbar weinte, hat Es-chen sein Fußbänkchen geholt, sich vor sie hingesetzt und gesagt: „Mama, komm auf Schößchen!" Das hat sie ihm oft erzählt. Sie hat es auch manchmal vor Übergriffen und allzu schwerer Arbeit beschützt. Dafür hat sie aber auch gewollt, dass Es-chen gehorsam und unterwürfig ist, besonders Papa gegenüber. „Reiz ihn doch nicht! Du kennst ihn doch!", hat sie es später oft ermahnt. Sie duldete keine Widerworte und Verweigerungen. Sie war selbst selten für Es-chen da. Sie hatte unaufhörlich und wiederkehrend so viel Arbeit und Last, dass sie keine Zeit dafür hatte. Und sie hatte genug damit zu tun, ihre eigenen Werte und Ideale wie Güte, Liebe, Verzeihen und Selbstaufopferung, hoch zu halten, allein um wenigstens ein paar Reste davon zu retten — oder um sich zu retten. Sie erwartete, dass das ungewollte Kind Rücksicht nahm und ihr nicht noch zusätzlich Schwierigkeiten machte.

Wenn Mama das von ihm erzwingen wollte, empfand Es-chen es wie, wie soll es sagen, wie eine Moralquetschung. Mama zog es an sich heran und redete lange leise und eindringlich auf es ein, bis ihm ganz schlecht wurde und es sich befreite. Das nahm Mama ihm richtig übel. Sie meinte es doch so gut und wollte nur sein Bestes.

Es-chen entging dem in seiner selbstgeschaffenen, ländlichen Harmonie. Andere würden es vielleicht Einsamkeit nennen. Sie wurde seine geliebte Heimat; und wenn es vereinnahmt wurde oder sich Ungerechtigkeit, Rohheit und Gewalt entzog, seine seelische Heimat.

Mama traurig zu sehen, war schlimm. Es-chen war schuld daran und musste das wieder gut machen. Seine Schuld und dieser unerfüllbare Auftrag waren eins. Ein Kind hat Freude zu bereiten und fröhlich zu sein. „Nun zieh doch nicht schon wieder so ein muffeliges Gesicht!", „Tu nicht so beleidigt!", sagte Mama oft. Ein Kind hat selbst keine Probleme zu haben, „Stell dich nicht so an!". Kindheit war doch ein Paradies, Kinder waren sorgenfrei geborgen mit unendlich viel Zeit. „Da ist ein bisschen Gefälligkeit doch nicht zu viel verlangt!"

Später erwartete Mama, dass Es-chen ihr zuhörte, sie verstand und sie bestätigte. Es-chen hätte Mama gerne getröstet, aber Trost konnte es ihr nicht spenden, den gab es nicht, von Es-chen schon gar nicht. Selbst als es langsam erwachsen wurde und verstand, hätte sie ihm eine eigene Meinung oder Kritik niemals zugestanden, das wäre für Mama einer Vernichtung gleichgekommen.

Sie wurde für vieles, eigentlich für alles, was schieflief, verantwortlich gemacht. Und sie fühlte sich darum oft schuldig, auch wenn sie tapfer alles abstritt, grundsätzlich alles. Sie wehrte sich zeitlebens vehement dagegen.

Von Zeit zu Zeit nahm Mama an, dass ohne Kontrolle und Ermahnungen nichts aus dem Kind wird. Sie ging davon aus, dass ihre eigenen sexistischen Erfahrungen sich nahtlos übertragen, wenn sie nicht ständig „dahinter her" war, in diffusen Andeutungen vor Männern zu warnen. Sie beschwor die schlimmsten Bilder und Szenarien herauf. Aber Es-chen konnte sich darunter nichts vorstellen, was es nicht schon kannte.

„Wo man singt, da lass dich ruhig nieder. Böse Menschen haben keine Lieder!" Die Überzeugung ist wichtiger als die Herkunft dieses Zitats aus dem frühen 19. Jahrhundert (Seume). Für Mama waren Zitate und Lieder Trost und eine nie versiegende Kraftquelle. Es-chen widmet ihr darum hier ein Lied eines unbekannten Verfassers, das von vielen beliebten Schlagersängern der Zeit interpretiert wurde und wegen seiner Popularität heute sogar im „Volksliederarchiv" unter den Liedern aus Ostpreußen zu finden ist.

> Alle Tage ist kein Sonntag
> Alle Tag' gibt's keinen Wein,
> aber du sollst alle Tage
> recht lieb zu mir sein.
> Und wenn ich einst tot bin,
> sollst du denken an mich.
> Auch am Abend, eh du einschläfst,
> aber weinen darfst du nicht.
>
> Alle Tag' flicht keine Rosen
> dir das Leben in das Haar.
> Und die goldenen Stunden
> sind selten im Jahr.
> Und geht's nicht nach Wunsch dir
> denk, manch sonniges Glück
> bringt nach Winter und Stürmen
> der Lenz dir zurück.
>
> Alle Tag' scheint nicht die Sonne
> vom blauen Himmelszelt.

Und es kann nicht immer Mai sein
in unserer Welt.
Und wenn ich auch fern bin,
darfst du nicht traurig sein.
Meines Lebens liebe Sonne
bleibst du nur allein.

Wie oft mag sie es Otto vorgesungen haben, ihrem heimlichen, heimlichst Geliebten, ihrem Otto, den sie selbstverständlich nur „rein platonisch" liebte, wie sie behauptete, was immer das auch heißen mochte. Er war als Spätheimkehrer erst 1950 aus russischer Gefangenschaft zurückgekommen. Sie hat ihn als geschickten, besonnenen und freundlichen Hofhelfer kennengelernt und zwanzig Jahre ihres Lebens mit Hoffen und Bangen geliebt. „Ein Augenblick Glückseligkeit löscht hunderttausend Schmerzen!", rezitierte sie später, wenn Es-chen sie danach fragte. Mama wäre nicht Mama ohne ihre wegweisenden, aufbauenden, belehrenden und heilsamen Sprüche.

Es-chen mit
Geschwistern
und Mutter

Zeigt her Eure Füße, zeigt her Eure Schuh'

„Warum Frauen immer Schuhe kaufen", wird erst 50 Jahre später ein gefragter Buchtitel sein. Es-chen wusste das immer schon. Schuhe sind nicht nur schön, sie machen stark und fein und beschwingt und leicht. Sie machen tapfer, geschäftstüchtig oder derb, robust und fähig. Ganz wie man es will, ob mit beiden Beinen auf dem Boden der Tatsachen stehend oder im Himmel voller Geigen tanzend.

Für Es-chen waren sie alle wichtig, aber genauso wichtig war das Barfußlaufen. Barfußlaufen über Kies und Schotter, durch Brennnesseln und Disteln und warme Kuhfladen, die durch die Zehen quibbeln. Barfuß im eisigen Morgentau und über klebrigem, schwarzem Asphalt in der heißen Sonne, barfüßig zwischen klobigen Kuhklauen oder tellergroßen, beschlagenen Pferdehufen. Barfuß mit Geräten wirtschaften in Garten, Stall und Hof. Seine harten Sohlen trugen es über scharfe Kanten, Splitter und tiefen Grund. Die Erwachsenen staunten. Es-chen freute sich darüber und sauste nur umso schneller den felsigen Hohlweg hinauf auf die Weide, um die Kühe zu holen. Gefühlt lief es den ganzen Sommer hindurch ohne Schuhe, aber das kann nicht stimmen.

Und es sollte bald ein Ende haben. Die Wartezeiten beim Fußarzt, der Knick-, Senk- und Spreizfuß bei ihm feststellte, und die Sitzungen bei den Sanitätsfachleuten waren blöd. Die „orthopädischen Meister", wie Mama sie nannte, machten Gipsabdrücke wie weiße Schühchen, aber dann wurden damit diese fiesen, gelbhornigen Einlagen mit angenietetem, ledernem Zehenteil gebastelt. Bis die endlich passten, taten ihm die Füße weh. Seit es Einlagen hatte, durfte es nicht mehr barfuß laufen. Es musste sie in den knöchelhohen, kinderkackebraunen Schnürschuhen von Salamander tragen. Darüber trösteten es nicht einmal die kleinen Salamanderfiguren und Comichefte mit Lurchis Abenteuern hinweg. Die bekam es mit dem weißen Schuhkarton geschenkt.

Geschenkt!

Es war weniger schlimm, sich einen Nagel beim Sprung aus dem Fenster in den Fuß zu rammen. Da hatten Bretter und Gerümpel vom Umbau gelegen. Es-chen humpelte mit einem Besen unter der Achsel tagelang herum. Es war gar nicht so scheußlich, in der holprigen Fahrspur umzuknicken. Das war nach ein paar Tagen mit einem festen Verband wieder vorbei. Es war ihm lieber, sich an einer Glasscherbe den Fuß aufzuschneiden oder schwarze Ölpampe von der Haut schrubben zu müssen, als diese abscheulichen Monsterklumpen an den Füßen zu schleppen! Es half nichts. Der Onkel Doktor hat gesagt, es muss sein und hat ein Horrorszenario von schwächlichen Gelenken und gebrochenen Knochen, zerborstenen Mittelfüßen und ewiger Pein heraufbeschworen. Vorbei das Anpirschen wie eine Indianerin. Adé, geliebte Gummistiefel, die den bedeutungsschweren Gang müder Trapper fühl- und sichtbar machten.

Ach, es war einfach entsetzlich!

Herbei ihr Träume von schneeweißen Ballett-Spitzentanzschuhen aus weißem Satin mit langen Bändern. Es-chen würde Wasser hineinschütten, damit sie sich beim Trocknen fest an die Füße schmiegen. Herbei, ihr winzigen Riemchensandalen, filigrane Zier für zarte Zehen. Oder, ach ja, ihr ewig geliebten roten Ballerinas. Wann endlich werde ich mit euch in die Welt hinaus schweben? So seufzte das kleine Es-chen mit den schwachen Gelenken, wie es so über Wurzeln, Stock und Stein, Hänge hinauf, durch Wiesenbäche, über Leitern und Maschinen kraxelte und sich beim Rennen niemals einholen ließ, wie es in Gruben sprang und auf Bäume kletterte.

Mit gepanzerten Füßchen ist das alles viel beschwerlicher und nur noch die halbe Lust. Wie hässlich, hässlich waren die steifen Schuhgestelle.

Trotzdem, einmal durfte Es-chen sich die lang- und heißersehnten Sandalen kaufen. Ganz alleine! Reell, bequem, festsitzend, praktisch sollten sie sein. Das ist ihm gelungen. Damit ja keine Zweifel aufkamen, hat sie sie im Geschäft gleich anbehalten. Umtausch ausgeschlossen! Gelb und weiß gestreifte Pantoletten, wohlgemerkt, Pantoletten ohne jeglichen Verschluss. Ohne Bändsel und Fersenriemen trugen sie es nach Hause und überall, ob auf dem Schulweg oder beim Kühe holen. Sie wurden fortan nur beim Schlafen ausgezogen.

Nun mussten die Kühe von der Hohen Fuhr herunter durch die tiefgründige, matschige Durchfahrt im Tal nach Hause getrieben werden. Natürlich blieben die Kühe im Modder stehen. Sie bummelten und wollten nicht hindurchwaten. Sie senkten die Köpfe und wollten Wasser trinken.

In der Eile musste Es-chen wohl oder übel mit seinen feinen gelb und weiß gestreiften Pantoletten in die kalte Pampe steigen. Die zog ganz plötzlich daran, schlürfte und sog sich fest. Sie behielt eine Pantolette im Grund und deckte sie blitzschnell mit schwarzem Brackwasser zu. Weg war sie. Was tun? Wo war sie überhaupt steckengeblieben? An welcher Stelle ist sie verschwunden? Die Kühe schauten Es-chen neugierig zu, wie es mit den Armen in jedes Trittloch tauchte, mit den Händen im Matsch grub, suchte, fluchte, tastete. Schließlich musste es aufgeben. Die Kühe mussten zum Melken nach Hause. Da gab es kein unnötiges Trödeln.

Barfuß, traurig den einen einsamen, nutzlosen, gelbbraunen Lederlatschen in der Hand schaukelnd, trottete es hinter den Kühen zum Hof. Und als es wieder ins Tal, zur Furt zurückkam, war sie eine glatte, braune Lehmfläche ohne Idee, ohne Chance, ohne Schuh. Die blanke Murre lag da, als sei nie jemand hindurchgewatet, so als sei nichts gewesen. Die Pantolette blieb verschollen. Traurig und verarmt ging Es-chen nach Haus. Es legte sich Rechtfertigungen zurecht: „Also. Ich kann nichts dafür! Die Kühe (...)". Niemand, nur es selbst, vermisste die Pantoletten.

Der Traum von Schuhen ist nie ausgeträumt, von Schuhen, die Stars machen, Operndiven, Elfen oder Cowboys. Kunstvolle Gebilde mit bleistiftdünnen Absätzen, damit würde es tanzen, bis es hell wird am Morgen. Wetten? Oder Plateausohlen, soo dick, die demonstrieren Größe. Römersandalen, bis zum Knie geschnürt, die zeugen von Herkunft und Adel. Oder nehmen wir mal die Camel-Boots. Die machen jede Hofwiese zur Prärie. Aber die hat Es-chen sich erst sehr viel später geleistet.

Es-chens „Gute Schuhe", ja, es hatte auch welche, das waren feine Teile. Aber die waren sehr empfindlich. Sie wurden manches Mal in Regen und Unrat ruiniert. „Warum ziehst du auch die dünnen Dinger an!", tröstet wahrlich nicht über Schneeränder an ausgeleierten Fußbeuteln hinweg. Die Tragweite von Schuh-Werk reicht von Aufopferung über heroische Tat bis hin zur Kunst der Selbstinszenierung.

Wer das nicht versteht: Banausen allesamt!

Wer schön sein will, muss leiden

Wer hat das eigentlich erfunden, dass Ohrringe gut für die Augen sind? Keine Ahnung! Aber das war der eigentliche Anlass dafür, dass Es-chen erlaubt wurde, sich Ohrlöcher stechen zu lassen. Die Ohrringe dazu, kleine goldene Hängerchen mit ovalen Rosenquarzen, mochte es von Anfang an nicht, aber sie waren besser als nichts. Die Aktion zwischen Theke und Kunden im Optikergeschäft war ein Schock. Sooo weh tut das? Das hätte es nie gedacht. Die Leute rundum haben nur gelacht und gesagt: „Wer schön sein will, muss leiden!" Na denn, Es-chen streckte sich und schritt hocherhobenen Hauptes aus dem Laden. Da musste es nun durch. Nach einer Weile fühlte es nur noch einen unangenehmen Druck, mehr nicht. Jetzt fühlte es sich beinahe erwachsen und war sehr stolz. Bestimmt war es jetzt schön!

Als es irgendwann später in einem Schaufenster einen Spiegel entdeckte, schaute es hinein. Doch was musste es da entdecken? Rechts und links vor den Zöpfen ragten dicke, rote Knollen hervor. Seine Ohrläppchen waren angeschwollen wie Ballons. Die Bügel der Ohrringe schnitten sich in diese glasigen roten Blasen hinein. Wie entsetzlich! Sofort tat es wieder weh. Es schämte sich. Wie gerne hätte es die Ohren unter einer Mütze versteckt. Es hätte im Erdboden versinken mögen.

"Hoffart mot Piene lieen!" Daran sollte es noch oft denken. Immer und immer wieder entzündeten sich die Löcher in seinen Ohren. Das tat höllisch weh. Oma Emma hatte Recht, Eitelkeit muss Schmerzen leiden.

Als Es-chen sich gegen den Willen von Papa und Mama

seine Zöpfe hat abschneiden lassen, hat es so etwas Ähnliches erlebt. „Alle Mädchen in meiner Klasse haben die Haare ab", hatte es behauptet. „Nein, Marianne nicht!" – „Ach, die! Aber Heidi und Renate und Hannelore und, und, und!" Es half nichts. Da ist Es-chen einfach zum Frisör gegangen und hat behauptet: „Ja, sicher. Papa und Mama haben das erlaubt!" So schnell konnte man gar nicht gucken, wie die Zöpfe ab waren, rapp, zapp.

Es-chen fühlte sich wie auf Wolken. Auf dem Weg zum Erwachsenwerden muss man eben Risiken eingehen! Es stolzierte durch den Ort, zeigte sich und drehte sich vergnügt um sich selbst, bis, ja, bis es sich im Schaufenster spiegelte. Da starrte ihm ein struppiges, ein gespenstisches Wesen entgegen. Blankes Entsetzen! Über den Ohren hingen die Haare teils strähnig herunter, teils ragten sie zur Seite. Die untere Schnittkante, die es immer wieder betastet hatte, weil sie sich so schick und flott angefühlt hatte, war in Wirklichkeit eine abstehende fisselige Fransenkante. Das gibt was Zuhause! Papa hat es gar nicht gemerkt. Mama war enttäuscht. Die andern haben nur gelacht und gesagt, das hätten sie auch gekonnt. Pott auf den Kopf und drum herumschneiden, fertig.

Einmal hat es sich die Haare blauschwarz gefärbt, sein langersehntes Ideal. Es wollte sowieso Mannequin werden, nicht Stewardess wie seine Schwester. Und einen Piloten heiraten wollte es auch nicht. Von wegen Kellnern, nicht mal in der Luft! Es wollte schweben, auf dem Laufsteg tänzeln. Dazu gehörte als erster Schritt, um überhaupt entdeckt zu werden, unabdingbar pechschwarze Haare. Das ging ganz einfach. Reinschmieren den Brei und warten. Ausspülen, fertig. Toll! Da war Mama aber richtig sauer. „Du siehst aus wie eine Fohse!" Das musste was ganz Unanständiges sein, so wie sie dabei die Mundwinkel runterzog. Na, egal. Das ist nach und nach ausgeblichen, rausgewachsen. Vergessen.

Einmal hat Mama geschimpft: „Du siehst nuttig aus! Wasch das sofort ab!" Da hatte Es-chen sich so schön gemacht, richtig aufgebrezelt. Es war schon auf dem Weg ins Städtchen. Es hatte sich die Augenbrauen kräftig nachgezogen und einen exotischen Lidstrich dazu, hatte die Wangen gepudert und mit einer Bubblegum Kugel, die es extra dafür aufgehoben hatte, die Lippen knallrot geschminkt. Dass Mama es aber auch immer erwischen musste! Es ist eben alles eine Frage des Stils, sagte Mama, da ließ die nicht mit sich spaßen.

Aber Es-chen glaubte nicht, dass sie viel Ahnung hatte, was modernen Schick betraf. Immer sagte sie, „man". „Das tut man nicht! Das sagt man nicht! Das gehört sich nicht!" Noch schlimmer war es, wenn sie anhob: „Du bist sooo ein schönes Mädchen, aber (...)!" Dann kam prompt irgendwas ganz Niederschmetterndes. Mama war überzeugt, „Eitelkeit kommt vor dem Fall."

Der Wolf
und die sieben
Geißlein

90

Die Welt der Bücher

Das darf niemand verraten, was Es-chen jetzt erzählt, sonst erzählt es das nicht. Versprochen? – Na, gut! Es-chen hat aus der „Edda" das eingeklebte Bild von Odin, wie der an irgendeiner Eiche aufgehängt war, herausgetrennt und eingesteckt, um es genauer zu betrachten. Odin, wer auch immer das war, hatte einen langen Bart und sah ganz ausgeleiert aus, wie er da nackt und lang am Baum baumelte mit einer langen Wurst zwischen den Beinen. Die war es wert, im Versteck unterm Dach mit Taschenlampe genauer beguckt zu werden.

Die „Edda" war groß und dick, hatte einen grauen Leineneinband und Blätter, die uralt aussahen. Alle Bilder waren auf unbedruckten Seiten in einen Rahmen geklebt. Sehr wertvoll! Was die Edda war und warum sie mit „Mein Kampf" und „Der Tod von Dresden" im Wandschrank mit der Bleiverglasung stand, wusste Es-chen nicht. Die Bücher waren „nicht für Kinderhände". Auch „Doktor Faustus" nicht, ein schweres Buch mit einem Pappdeckeleinband und Blättern, die sich nur schwer voneinander lösen ließen. Geheimnisvoll! „Das verstehst du sowieso nicht!" Gerade darum hockte das Es-chen manches Mal heimlich im Flürchen vor dem Wandschrank und schnüffelte an und in den Büchern.

Es besaß selbst auch ein Buch. Das war knallrot und hatte die Form eines aufrechtsitzenden Hasens. Man schlug es zu seinem Hasenrücken hin auf. Darin gab es die Geschichte von den Zuckerhäschen, die in einem Fliegenpilz von Engelchen zum Leben erweckt wurden. Es-chen erinnert sich, es hatte noch ein Buch, das hieß, „Was die Muhme erzählt". Das war lustig, eher breit statt hoch. Es-chen hat es so oft durchgeblättert, bis es ganz zerfleddert war. Es kannte die Bilder alle, und als es die Geschichten darin beinahe auswendig wusste, hat es neue dazu erfunden.

Dann gab es noch ein Wunderbuch. Ob ihm auch das gehörte, weiß Es-chen nicht mehr. Auf dem Bild vorne drauf war eine Oma abgebildet, die den Kindern, die vor ihr auf dem Boden saßen, Geschichten vorlas oder erzählte. Die Kinder hatten die Händchen in ihrem Schoß. Die Oma im Lehnstuhl war schwarz gekleidet, hatte eine Brille auf und trug einen Haarknoten. Wenn es so ein Bild gab, gab es das vielleicht auch in Wirklichkeit irgendwo auf der Welt. Was die Oma erzählte, das muss ganz besonders spannend gewesen sein. Schade, dass niemand dem Es-chen daraus vorgelesen hat. So hat es das nie erfahren. Es musste unbedingt lesen lernen.

Bevor es das konnte, hat es mit Ausdauer und großen Gesten Lesen gespielt, ist mit den Fingerchen die Zeilen entlanggefahren und hat laut gesprochen, was da geschrieben sein könnte.

Endlich in der Schule, bekam es ein wunderbares Buch, sein erstes Lesebuch! Darin war Hektor, das dicke Ackerpferd mit den schwarzen Beinen und dem Mehlmaul, das Aller-, Allerschönste. Irgendwann hat es, ob geliehen oder geschenkt, „Halb und Halb" gelesen, in Großschrift, extra für Leseanfänger. Das war die Geschichte von einem Fohlen, das hinten braun und vorne weiß war oder umgekehrt und das gefährliche Abenteuer bestanden hat.

Jeder kennt den kleinen Häwelmann, oder? Es-chen liebte ihn wie einen Bruder. Es hat ihn kennengelernt, als es noch glaubte, aus seinem Betttuch ein Segel machen zu können und durchs Schlüsselloch auf einem Mondenstrahl in Abenteuer hinauszufahren und „Mehr! Mehr!" schreien zu können. Und weiter geht's! Und der gute Mond oder der kleine Häwelmann — wer weiß — blies seine Backen auf, und der gute Mond leuchtete und Es-chen flog mit ihnen bis ans Ende der Welt. Wer's nicht kennt, kann bei Theodor Storm nachgucken oder bei Selma Lagerlöf, denn die hat genauso für Es-chen einen maßgeschneiderten, heimlichen Lebenslauf geschrieben. Bei ihr war es Nils Holgerson. Der hat eine wunderbare Reise mit Wildgänsen gemacht. Um so was zu erleben und mitfliegen zu können, wäre Es-chen auch gerne zu einem Krümel geschrumpft. Das stelle sich mal einer vor: Im Nacken einer Wildgans, flaumweich gebettet, unter der Sonne oder den Wolken zu schweben, weit übers Land.

Oma Emma besaß eine Bibel mit hauchdünnen Seiten, die klitzeklein bedruckt waren. Die Nummern vor den Absätzen machten dieses Buch der Bücher für Es-chen zu einem wissenschaftlichen Werk von besonderem Wert. Oma ließ es manchmal vorsichtig darin blättern und als-ob-lesen. Aber erst das evangelische Kirchengesangbuch, dieses winzige Liederbüchlein mit Goldschnitt im schwarzen Lederfutteral! Wenn Es-chen erst so eins haben könnte, dann wäre es erwachsen. Bekommt es vielleicht zur Konfirmation, hat Mama gesagt. Darüber hinaus spielten Bücher in der Familie keine große Rolle. Lesen — außer der Lektüre der Tageszeitung, aber die nur für Papa — war verpönt. Wer las, war nur zu faul zum Arbeiten. Sesselfurzer und Bleistiftkönige hatten Berufe mit Lesen und Schreiben. Nichtsnutze waren das.

Theoretischer Kram passte nicht in die bäuerliche Arbeitswelt.

Es-chen fand einmal verstaubte Bücher in irgendeiner Kiste auf dem Rumpel-Boden, der „Alten Kammer". Dabei war auch ein Gesangbuch. Es hatte ein silbernes Spängchen, mit dem man es verschließen konnte. Auf, zu, auf, zu, auf zu, bis das Spängchen, ein kleiner Rahmen mit einem durchbrochenen Deckelchen, das mit einem winzigen Riegel über einem Knöpfchen auf, zu, auf, zu, auf und zu gemacht werden konnte, plötzlich ohne das klobige Buch in seinen Händen lag. Unvermutet ein neuer Schatz für seine Höhle unterm Dach. Das muffige Gesangbuch verkroch sich ganz schnell zu unterst in die Kiste. Aber das graugrüne fette Bändchen „Psalter und Harfe" hatte so schöne Ranken und Muster. Das wanderte mit in die Öffentlichkeit.

Niemand fragte Es-chen, woher es das habe, allenfalls: „Was willst du denn damit!"

Einmal durfte Es-chen in den Ferien Tante Frieda besuchen. Darauf hat es sich gefreut. Tante Frieda war nämlich etwas ganz Besonderes. Sie war eine elegante Dame, sagten die Erwachsenen. Sie kam im offenen VW-Cabriolet angefahren, streckte ihre seidenbestrumpften Fußspitzen aus der Autotür, um in ihre hochhackigen Pumps zu steigen, warf sich locker den dicken Pelzmantel über und griff ihre Krokotasche, bevor sie das Haus betrat.

Gönnerhaft, ja huldvoll ließ sie sich von den armen Verwandten bewundern. In einem vornehmen Vorort von Dortmund lebte sie in einer Villa mit Park, wo sie sich gern von Nachbarn und Fremden als „Frau Doktor" ansprechen ließ, weil ihr gefallener Gatte ein Herr Doktor Studienrat war. Durch einen gläsernen Wintergarten ging man dort in einen Park mit Rosen, die bis in den Himmel wuchsen.

Märchenhaft!

Sie hatte einen riesengroßen Kühlschrank. Die Tür war so schwer, dass Es-chen sie nicht alleine aufkriegte. Bei Tante Frieda gab es Camembert. Der war etwas ganz Besonderes und schmeckte scheußlich. Vornehmlich war bei ihr alles vornehm und es gab nichts, das man berühren durfte. Besonders liebte Es-chen die schweren, braunen Ledersessel, in denen man einfach verschwinden konnte und unbeobachtet die Fingerchen in die Vertiefungen stecken und die ledernen Knöpfe drehen konnte. Bei Tante Frieda zu sein, war eine Ehre. Tante Frieda war etwas Besseres, das sah man sofort.

Es-chen hatte aus der Schulbibliothek einen Roman ausgeliehen, „Die rote Zora". Das ist ein Jugendbuchklassiker von Kurt Held. Darauf war es ganz stolz. Es hockte in der ledernen Tiefe und las und las und mochte gar nicht mehr aufhören. Aber da hat Tante Frieda das Buch entdeckt und ihm weggenommen. „So ein Schund in meinem Hause!", schimpfte sie und gab ihm „wertvolle Literatur". Sie verdonnerte Es-chen dazu, „Wilhelm Tell" zu lesen. Das war allerdings keine Strafe. Zora lief ja nicht weg.

Es-chen versank wieder in den höhlenartigen Lederschluchten und verschlang die Abenteuer von Wilhelm Tell. Endlich durfte Es-chen lesen, stundenlang. So stand es wenigstens nicht im Wege und stellte dumme Fragen. Aber Tante Frieda hatte auch Mitleid mit ihm. Seine primitive Mutter konnte ihm ja keine Kultur beibringen, da sprang sie doch gern mal kurz ein. Solange Es-chen mit einem Buch still in der Ecke saß, war es zufrieden. Dann musste es wenigstens nicht mit den viel zu großen, ausgemusterten roten Schuhen ihrer Cousine Wiltraudis (mit Betonung auf dis) herumstackeln und stolpern. Seine eigenen Schuhe waren Tante Frieda nun wirklich zu peinlich. Wir erinnern uns, die hohen braunen mit den Einlagen. Die waren nicht standesgemäß. Damit konnte man sich ja nicht sehenlassen. Tante Frieda ließ keine Gelegenheit aus, dem Kind zu zeigen, dass es eigentlich zu minderwertig sei, in der Familie der Großgrundbesitzer „großgezogen" zu werden. Dass sie es überhaupt duldeten, zeugte vom Großmut der herrschenden Klasse.

„Kleines Zigeunerlein" war Tante Friedas liebevollste Anrede. Es-chen genoss das. Es wusste nicht, was „lebensunwertes Leben" heißt und warum manche Leute „wertvolle Menschen" waren und andere nicht. Es las eben gerne „bis zur Vergasung". Tante Frieda examinierte es, ob es auch verstanden habe, was es da las. Mit Begeisterung erzählte ihr Es-chen, was im Buch geschehen war und was es davon hielt. Aber das war nicht gefragt.

Kusine, besser: Cousine Wiltraudis, mit Betonung auf „dis", las und schrieb und las und schrieb, heftete Blätter zusammen, murmelte, las und schrieb. Das beeindruckte Es-chen sehr. Weil Wiltraudis ihm aber nicht erzählen wollte, was sie da macht, hat es ihr eine Büroklammer geklaut. Eine richtige, wichtige Büroklammer, die erste Ausstattung für sein intellektuelles Leben und eine Bereicherung seiner geheimen Schatzkammer.

Schriftwerke, die man ganz lässig umklappen konnte, während man las, hatten etwas Verruchtes. Man konnte sie schnell in der Tasche verschwinden lassen, was auch nötig war. Sie waren verboten. Sie waren schlecht und darum besonders erstrebenswert. Wenn einer der großen Jungs so ein Heft vergaß, verlor oder wegwarf, war Es-chen zur Stelle.

Es wusste den Fund fix zu sichern und zu verstecken und sei es unter dem Pullover. Bevor die Erwachsenen es ihm wegnahmen, wollte es wenigstens wissen, was darin stand. Warum waren die Großen so wild dahinter her? Tom Prox oder Billy Jenkins zum Beispiel: „Die Hand am Colt". Hwou!

Die Hefte hatten spannende Bilder auf der Titelseite. Auf einem schien sich ein verwegener Cowboy an einem Fenster heraufzuhangeln oder herabzulassen. Just in diesem Moment brach das Fensterkreuz. Es-chen sah den Cowboy stürzen. Ein unvergesslicher Augenblick! Was bloß dahinterstecken mochte? Es-chen musste es erfahren. Sofort. Es las unter der Schulbank. Aber sogar der Lehrer interessierte sich für den Ausgang der Geschichte. So hat es nie erfahren, warum der Cowboy abgestürzt ist. Und wieder musste es für sein Betragen getadelt werden. Seitdem versteckte es die Schmöker lieber bei den anderen Schätzen in der Schatzkammer auf dem Dachboden. Schade, hier war es zu dunkel zum Lesen. Schwierig, schwierig. So bekam Es-chen bis zum Erwachsenwerden kaum Gelegenheit zu vergleichenden Literaturstudien.

Ein Buch gab es, das war so groß, dass Es-chen es auf den Fußboden legen musste, um darin zu blättern. Zum Staunen: Landkarten, fremdartige Abbildungen, Listen, Tabellen und Grafiken. Dierkes Weltatlas. Die Welt in einem Buch! Es-chen erklärte sie sich selbst. Es schaute ins Weltall und von oben herunter auf die Erde. Es zeichnete die Konturen der Kontinente in sein Heft, gab ihnen eigene Namen und malte Wege und Flüsse, Berge und Seen hinein. Auf diese Weise ritt es um die ganze Welt. Ist hier seine Sehnsucht nach einer Weltumreitung geboren?

„Oma?" — „Ja!" — „Warst du schon mal in Amerika?" — „Ja!" — „?" — „Mit dem Finger auf der Landkarte!" Das rechtfertigte Es-chens imaginäre Reiserouten und Wanderkarten und seine Traumritte durch die Rocky Mountains und die Kasachische Steppe.

Kreuzworträtselhefte waren etwas für reiche Leute, solche, die sich auch die bunten Illustrierten leisten konnten. Was für kluge Leute mochten das wohl sein, die stundenlang über den geheimnisvollen Kästchen brüten und Buchstaben hineinschreiben konnten. Es gab wirklich Leute, die für so etwas Zeit hatten. Für den Fall, dass Es-chen bald verstehen würde, wie das geht und das Schicksal ihm so hold sein würde, dass es Zeit hatte und die Kästchen auch ausfüllen konnte, schnitt es die Rätsel aus der Zeitung aus und legte sie zu seinen Dokumenten in die Mappe mit den anderen Zeitungsausschnitten. Einmal hat es sich sogar heimlich ein Rätselheft gekauft, beinahe ein Buch, so wertvoll war es ihm jedenfalls. Das hat es vorsichtshalber versteckt. Es war zu kostbar, um damit zu spielen oder etwas hineinzuschreiben. Die Erwachsenen hätten den Wert bestimmt nicht erkannt und geschimpft.

Manchmal brachten die Tanten ausgelesene alte Zeitschriften mit. Die durfte Es-chen irgendwann verarbeiten. Es durchforstete sie nach schönen Bildern, die es ausschnitt, in Hefte klebte oder lochte und einordnete. Hier kam schließlich die geklaute Büroklammer zum Einsatz. Die dicken Sammelordner begleiteten Es-chen, bis es erwachsen war. Unter die Bilder in den Schulheften schrieb es Unterschriften, Erläuterungen und kleine Kommentare. Es versah sie mit Verzierungen und Zeichnungen. Sie wurden kostbare eigene

Werke, wie später auch die dicken Kladden mit den abge-
schriebenen Gedichten und Balladen, die Es-chen in seiner
Nachwelt x-mal von Ort zu Ort mitnahm.

Einige der hineingeschriebenen Gedichte sind heute noch
lebendig.

Noch etwas mit dem Charakteristikum „Buch" hat sich
eingeprägt. Eine lange Reihe grüner Jahreskalender, diese
längs halbierten DIN A4 Notizbücher, in die Papa an jedem
Tag das Wetter und die wichtigsten Begebenheiten in Haus
und Hof eintrug. Viel später hat Mama darin in einer Art
Geheimschrift sogar Hinweise auf schwere Familienkonflikte
gefunden. H. weg und ein Hochspannungszeichen hieß, der
Sohn hat den Hof verlassen. Papa war stolz auf sein Archiv.
Er konnte Besuchern genau sagen, ob es am 17. Juli 1951
geregnet hat, wer die Jährlingsbullen gekauft hat und wie
hoch der Erlös war und zu welchem Preis im November die
Kartoffeln weggegangen sind. Der Heuwender der Marke x
der Firma xy hat soundso viel Mark gekostet und hatte schon
am 28. Juli einen Lagerschaden. So was!

Jahrzehnte dokumentiert.

Kartoffelernte

99

Pferde

„Es hängt ein Pferdehalfter an der Wand", „Eine weiße Hochzeitskutsche" und „Mamatschi, schenk mir ein Pferdchen": Das ist Deutsches Kulturgut, GROSS geschrieben. Es-chen kommen heute noch die Tränen, wenn es die alten Schlager mit Timbre und Herzschmerz singt. Macht es natürlich nur für sich alleine.

Bücher waren ja, wie gesagt, kein anerkanntes Medium in der Erwachsenenwelt rund um das Kind. Aber Es-chen besaß doch einige wenige, die im Laufe der Jahre unter dem Weihnachtsbaum auf dem Gabentisch gelegen hatten oder auf dem Geburtstagstischchen. So genau lässt sich das heute nicht mehr sagen. „Fury" und „Der schwarze Hengst Bento" zum Beispiel. Auf Bento, der auf dem Schutzumschlag in den blauen Himmel stieg, war Es-chen ganz besonders stolz. Da stand nämlich auf der zweiten Seite „Roman". Das war also Es-chens erster richtiger Roman. So was lesen normalerweise nur Große.

Es gab ein Buch nur für Erwachsene, das die aber gar nicht haben wollten. Wer es wem, wann und warum verehrt hatte, und wie es in Es-chens Besitz gekommen war, lässt sich nicht rekonstruieren. Wichtig ist dies, es hieß: „Der Hengst Maestoso Austria" und „Die Stute Deflorata" mit dem Untertitel: „Des Hengstes Majestoso Austria Gefährtin". Zwei Romane in einem Band. Eine unverschämte Liebesgeschichte, ein geheiligter Schatz.

Dann gab es noch, getränkt mit Mamas Sehnsüchten und dem Mädchen aus erzieherischen Gründen überlassen, Rudolph Bindings „Reitvorschrift für eine Geliebte", ein hellblaues Leinenbüchlein mit Zeichnungen, Anzüglichkeiten und Fingerzeig-Ermahnungen und mit Lesebändchen. Wer so etwas schreibt, muss ein wunderbarer Mann sein, fand Mama. Alle diese Bücher wurden viel später getoppt durch ein Buch, das lange als unerschwinglich gegolten hatte: Das Hippologische Lexikon. Es krönte das tollste aller kindlichen Weihnachtsfeste. Es-chen fühlt noch heute den heißen Schrecken, als es das ersehnte Buch mit dem kostbaren beigen Leineneinband auf dem Gabentisch entdeckte. Es wurde sein Standardwerk zum Pferdeverständnis und beantwortete Fragen, die es niemandem hätte stellen können. Es war sein Ratgeber und Halt. Jahrelang stand es griffbereit.

Viele Jahre lang, viel länger, als Es-chen die Vorstellungen der Erwachsenen teilte und richtig fand, was sie darüber sagten, wie man mit Pferden umzugehen habe, bekam es den Sankt Georg Pferdekalender zum Fest geschenkt. Für Es-chen waren darin von Jahr zu Jahr weniger schöne Bilder, sondern Fotos von irgendwelchen Turnieren und erfolgreichen Leuten im Roten Rock und Jägern beim Halali. Keine Pferdegesicher, keine Fohlen, keine unterschiedlichen Rassen, nichts dergleichen. Niemals war ein Pferd in Freiheit darin abgebildet. Es half auch nichts, sich so etwas zu wünschen. Es gab nur diesen Standardwochenkalender mit geknebelten Sportpferden.

Manche Menschen machen was her, weil sie den Titel „Sammler" tragen. Manche werden dadurch schlau und andere reich. Es-chen wollte nur eins: Pferde sehen. Darum sammelte es Pferdebilder. Es war Sammlerin von Pferde-Postkarten. Die stellte es aufrecht in einem eckigen Weidenkorb, den es oft mit sich herumtrug. Es zählte sie oft, mehr als sechzig waren es schon. Es war sehr stolz darauf. Seine Lieblingskarte zeigte einen Trakehner, der an einem Weidezaun entlang trabte, frei und erhaben. Auch die Köpfe von zwei Zugpferden, die nah beieinander ruhten, mochte es besonders. Das war ein richtiges Schwarzweißfoto mit einem weißen, gezackten Rand, ganz echt. Einmal hat es das Kartenkörbchen mit auf den Heuboden genommen. Da arbeitete ein fremder Helfer. Der kannte die Karten noch nicht, darum wollte Es-chen sie ihm zeigen. Vielleicht interessierte der sich für seine Spezialitäten. Aber es bekam keine Gelegenheit dazu, ihm seine Exponate zu erklären. Und als der Mann weg war, war das Körbchen verschwunden. Geklaut!

Das kann kein Erwachsener verstehen, wie weh das tut. Von wegen, wegen so ein paar alberner Karten heulen! Es war eine Kränkung, bestohlen worden zu sein, die es lange nicht verwinden konnte. Ja, es hat wieder angefangen, Pferdekarten zu sammeln, aber die Freude daran war verflogen, sozusagen auch gestohlen.

Aus alten Zeitungen und Zeitschriften schnitt Es-chen Pferdebilder aus. Die grünen Titelbilder auf dem „Landwirtschaftlichen Wochenblatt" zeigten oft Pferde. Pferde, Pferde, Pferde. Es-chen gab ihnen sorgfältig Form, klebte sie ein, sortierte sie nach Schwerpunkten und verschiedenen Themen, ordnete sie um und gab ihnen den Platz, der ihnen gebührte, mal nach Schönheit, mal nach Rasse, mal nach Einsatz. Dicke Aktenordner voll! Es war eine lustvolle Lern- und Bastelarbeit, dieses Archiv zu pflegen.

Einmal hat Es-chen in einem Schrank Filz gefunden. Es hat heimlich verschiedene, zuvor ausgeschnittene Pferde als Muster daraufgelegt und drum herum geschnitten. Die Filzpferdchen hat es auf den breiten Streifen Baststoff geklebt, der hinter seinem Bett an die Wand genagelt war. So hat es seinen Wandbehang verziert. Ein erstes eigenes Kunstwerk sollte sein Pferde-Wandbehang werden. Künstlerisch wertvoll. Das konnte man nun allerdings von Mamas Hüten, die Namen und Funktion dafür eingebüßt hatten, nicht mehr sagen. Erstaunlicherweise hielt sich das Donnerwetter in Grenzen.

Pferdeduft, Pferde in Aktion, Pferde mit Menschen in Aufregung und Spannung, Pferde-Schau und Menschenmassen, Lärm, Gedränge und Bratwurst. Das boten die ländlichen Reit- und Fahrturniere. Darum ließ Papa ungern eins aus. Manchmal durfte Es-chen mit. Wenn der Radetzkymarsch ertönte, bekam es eine Gänsehaut trotz warmer Sommersonne und Tränen in die Augen. Papa parkte Es-chen neben dem Eingang zum Turnierplatz mit Blick auf den Parcours. Hier blieb es stehen, hier ging es nicht verloren. Es kannte alle Hindernisse mit Namen und Abständen, die Regeln und die Springfolge. Hätte es jemand gefragt, es hätte alles erklären können, alles. Machte aber keiner.

Papa schaute nie zu. Der wollte nichts als in der Menge baden. Er hatte auch nicht die mindeste Ahnung, was sich auf dem Turnierplatz abspielte. Ständig auf der Suche nach bekannten Gesichtern, tönte sein „Hallo! Mein Lieber!" über die Menschen hin, sobald er Erfolg hatte. Er begrüßte jeden herzlich mit „Mein lieber Freund und Kupferstecher (...)!". Wenn er mit seinen „Froinden" lange genug, laut und unverbindlich palavert und gelacht hatte, rief er Es-chen: „Wir gehen!"

Zuhause spielte Es-chen mit einem selbst gebastelten Steckenpferd und Brettern, Kisten und Stöcken als Hindernisse, Turniere auf den Gartenwegen. Unermüdlich und in vielen Variationen baute es den Parcours wieder und wieder um und sprang und sprang. Ruckzuck war es am Abend eingeschlafen mit dem Galopprhythmus im Herzen. Es tauchte ein in seine Traumwelten mit aufregenden Pferde-Abenteuern, die immer, immer gut ausgingen. Die Welt war verschwunden, der Galopp blieb und die Angstlust, es könne doch einmal unerwartet ausgehen.

Aber die Träume gingen Es-chen nie aus. Es war auf allen Erdteilen unterwegs, mit Kutschen, Planwagen, mit Acker-gerät. Es ritt auf wilden Pferden, zahm wie Hunde und in wehenden Gewändern auf weißen Zeltern. Es war das gekrönte Prinzesschen im Damensitz oder fegte in speckigen Lederklamotten auf den „gefleckten Hunden" befreundeter Indianer in die Prärie. Dann wieder war es selbst eine Indiane-rin auf dem nackten Pferderücken oder aber das gekidnappte Farmerkind, das im Stamme der Sowieso endlich eine liebe-volle Familie findet. Immer obenauf, wie festgewachsen auf allen Pferden der Welt, unermüdlich, unerschütterlich, unschlagbar und schnell wie der Wind.

Hat sich seine Traumkraft aus seiner Arbeit mit Oskar, dem Kaltblutpferdchen, einem bemalten Brettchen-Pferd auf Rädern entwickelt? Sein hölzernes Ställchen hat Es-chen draußen neben dem Misthaufen im Hof aufgebaut. Es band das Pferdchen in seinem Ständer an, wo es Heu aus einer winzigen Raufe fraß. Nebenan fuhr es den Leiterwagen unters Dach. Wie in echt. Nur der Knecht Teddy sah zu proper und neu aus. Den hat Es-chen mal kurz im Mist vergraben, dann aber leider vergessen. Nach ein paar Tagen, vielleicht auch Wochen ist er auseinandergefallen und

Es-chen musste wieder selbst die Stallarbeiten erledigen. Dabei hatte es doch genug zu tun mit Heumachen, Wege anlegen und Zäune ziehen. Es musste spazieren fahren und Menschen und Tiere aus der Not retten.

Für schlechte Tage gab es Christa. Die war zu schade für alles Grobe. Christa hatte einen runden Holzbauch und war mit weißem Plüschstoff überzogen. Ursprünglich stand sie auf einem Holzbrett mit Rädern, aber das hat Es-chen ganz schnell abmontiert. Sie hatte eine lange, seidenweiche Mähne. Eine Mähne wie Engelhaar, unvergleichlich fein und dicht. Der Schweif war ein fließendes Wellenwunder. Bei allem Realitätssinn für die Alltagsarbeit mit Pferden, eine solche Mähne und so ein Schweif wollen gepflegt sein. Es-chen summte und sang Christa beim Kämmen etwas vor, kämmte und kämmte. Irgendwann war da, wo der Schweif herausgewachsen war, nur noch ein rundes Loch. Kein Haar.

Mama wusste Rat. Sie schickte Christa vor dem nächsten Weihnachtsfest in die Klinik. Rechtzeitig war sie zurück mit einem neuen Lockenschweif, das heißt, eher einem Ringelschwanz. Aus ihrem Hinterteil kringelte sich gelbweiß ein hartes Stängelchen heraus, Kuhschwanzhaare. Zugegeben, eine Reparatur, aber der Charme war hin. Das ehemals blütenweiße Fell war im Laufe der Zeit schmuddelig geworden und wies schon erste Schrumpfnähte auf, durch die man den Holzbalg sah. Es-chen betrachtete Christa genau.

Ehrlich gesagt, war es etwas enttäuscht. Das mochte es aber nicht zugeben. Christa war trotzdem wunderschön.

Wie Es-chen zu Weihnachten eine Reitausrüstung bekam, das ist eine eigene Geschichte. Nur kurz: Es war ins Weihnachtszimmer gestürmt, weil es etwas holen sollte. Da standen auf dem Fußboden schwarze Stiefel und auf dem Sessel lagen schwarze Sachen. Oh, hätte es das nur nicht gesehen! Jetzt konnte es gar nicht mehr abwarten, bis das Christkindchen endlich kam. Aber irgendwann, nach den Feiertagen, spazierte es in voller Montur nach draußen und zeigte sich Mäxchen. Die Reithose auf Zuwachs, war ein grober, schwarzer Wollbeutel. Man weiß ja nicht, wie viele Jahre Es-chen noch trainieren muss bis zum ersten Turnier.

Seine schwarzen Reitstiefel waren hart und faltig wie Knobelbecher. Gleichwohl, es war eine seligmachende Ausstattung, Sie ist allerdings nie richtig zum Einsatz gekommen. Ein lebendiges, echtes Pferd, das imstande gewesen wäre, an einem Turnier teilzunehmen, gab es nie. Es gab nur Papas jahrelang immer wieder vorgetragenen Versprechungen, „ich mache eine große Turnierreiterin aus dir!" Er hat es, wie alle Versprechungen, immer wieder vergessen.

Er hätte sowieso keine Lust gehabt, die Bedingungen dafür herzustellen, geschweige denn die Ausbildung zu bezahlen oder sein Kind zu begleiten.

Oskar und Herta hießen die beiden Arbeitspferde, die ersten Pferde in seiner Erinnerung, auf denen Es-chen manchmal sitzen durfte, wenn sie im Geschirr warteten. Sie waren ein Herz und eine Seele, die hängebauchige Herta und der stramme Oskar.

Pollux und Rex kamen nach den beiden Kaltblütern auf den Hof. Sie waren Papas ganzer Stolz. Er behauptete, sie seien ein Passgespann. „Ssoollche Gänge hat der!", schwärmte Papa und warf dabei abwechselnd die Arme hoch in die Luft. Dabei war Pollux ein dürrer, grobknochiger Westfale mit großem Schädel und kleinen Augen. Er hatte eine gefährliche

Gehirnerkrankung, Dummkoller oder Schlaf, wenn es stimmt, was Papa sagte. Damals war das ein Gewährsmangel. Papa hätte ihn zurückgeben oder umtauschen können, aber er hat ihn trotzdem behalten. Pollux döste oft vor sich hin und bekam nicht mit, was um ihn herum vorging.

Manchmal kriegte er plötzlich einen Rappel und ging durch. Auch wenn ein Auto ihn überholen wollte, raste er los. Er dachte wohl, es sei ein Wettrennen. Er war schnell. Papa konnte ihn nie halten. Pollux war hart im Maul und sehr polterig und ungelenk. Rex dagegen war ein sanfter Goldfuchs, ein rundlicher Holsteiner, von dem Papa behauptete, er lasse sich am Zwirnsfaden führen. Er hatte eine so geduldige, gutmütige Art, dass Es-chen oft unter seinem Hals saß, wenn er sich im Gespann ausruhte oder im Stall vor der Raufe stand. Rex hat seinen Lebensabend bei Es-chens Vetter Jürgen verbracht. Dort hatte er nichts Böses auszustehen.

Mäxchen war das Panjepferd, dass Onkel Arthur im Krieg von Russen übernommen hatte und mit dem er im Roten Stein Holz rücken wollte. Ob er das jemals gemacht hat? Meistens war Mäxchen auf dem Hof. Für Es-chen verkörperte es Lebenslust, Freiheit und Abenteuer. Mit ihm durfte es alleine umgehen und unterwegs sein. Oft kletterte es schon im Stall auf seinen Rücken und spazierte mit ihm über die Weiden, durch Wälder und Felder.

Einmal hat es nach der Schule an der Schmiede Papa getroffen, der Max dort beschlagen lassen hat. Papa hatte noch zu tun. Darum ist es schon mal voraus nach Hause geritten. Weil Max aber schon so lange dumm rumgestanden hatte, wollte er endlich ins Gras und ist losgerannt. Bei den letzten Häusern im Tal hatte er schon ein beachtliches

Tempo, „einen richtigen Zahn drauf", haben die Leute erzählt. Er hat die Eingangstreppe vor dem Gasthaus übersprungen und ist in den Serpentinenweg zum Hof abgebogen. In der felsigen Kurve konnte Es-chen sich nicht mehr halten und ist von dem blanken Pferderücken heruntergerutscht. Dem Haken schlagenden Derwisch konnten Es-chens Reitkünste nicht standhalten. Was für eine Schmach und Schande! Und welch' elendige Kränkung war es erst, dass dieses Tier rücksichtslos nach Hause rannte und Es-chen zu Fuß hinterherlaufen musste. Vor lauter Frust und Wut tat ihm schon gar nichts mehr weh.

Mit Max ist Es-chen weit über die Hofgrenzen hinaus bis ins Ebbegebirge geritten. Und wenn einmal ein Bauer verwundert fragte: „Wo kommst du denn her?", dann sagte Es-chen „von Zuhause!" und wenn jemand fragte, „Wo willst du denn hin?", dann sagte es: „Nach Zuhause!" Die Erwachsenen haben sich das später lachend erzählt.

Wenn Max mal keine Lust mehr hatte und einfach nicht weitergehen wollte, lenkte Es-chen ihn rückwärts in den vorgeschlagenen Weg hinein, bis er schließlich einsah, dass nun noch ein kleiner Extraausflug angesagt war und sich ohne Widerspruch fügte. So erkundete Es-chen seine sauerländische Heimat in immer größeren Runden. Max musste irgendwann mit Onkel Arthur gehen, zur Arbeit in den Wäldern. Das war traurig. Jemand erzählte, dass er nun allein in einem finsteren Stall stand und niemand etwas mit ihm unternahm. Ganz mager und struppig sei er geworden. Aber das hat niemanden gekümmert.

Für den Erbhofbauer wurde irgendwann ein junges Pferd gekauft. Es war eine Fuchsstute, Laika, nach dem russischen

Hund, den die Sowjets 1957 ins All geschossen haben. Es-chens Bruder wusste damit nichts anzufangen und Es-chen durfte nicht mit Laika umgehen. Sie war ja noch nie geritten worden. Was wohl aus ihr geworden ist?

Und dann gab es noch Flamme, die wunderschöne, sanfte, kupfern schimmernde Stute. Sie lahmte schon, als sie auf den Hof kam. Pflastermüde sei sie, sagte Papa. Es-chen war voll zärtlicher Bewunderung für sie und streichelte ihr glänzendes Fell, aber es kann sich nicht daran erinnern, dass irgendjemand jemals etwas mit Flamme unternommen hat.

Irgendwann waren sie alle wieder verschwunden, die Pferde, die auf den Hof kamen. Papa sprach nicht darüber. Fragen und Widerspruch zwecklos.

Papa, der selbsternannte Pferdekenner und Pferdeliebhaber war ungeeignet für den Umgang mit Pferden. Sie alle waren unglücklich mit ihm. Das zeigten sie ihm auch, und zwar viel direkter als die Menschen. Darum war er auch so böse auf sie und darum mussten sie alle den Hof wieder verlassen. Aber das ist eine andere Geschichte.

Als Es-chen davon träumte, in einer weißen Hochzeitskutsche zur Kirche, zum Traualtar zu fahren, sang sie den Schlager dazu. „Eine weiße Hochzeitskutsche kommt am Morgen vorgefahren (...)" Es verkündete, wenn ich nicht zu meiner Hochzeit fahren kann, dann will ich wenigstens in einer Kutsche zur Beerdigung zum Friedhof gefahren werden". Auch dafür hatte es die passende Melodie auf den Lippen: „Mamatschi, schenk mir ein Pferdchen (...)". Aber da ahnte es noch nicht, dass es keinen Trauerzug geben wird.

Die Zeiten, die Träume und das Wenn-Dann wandeln sich.

Apropos Kultur

Arbeiten, Essen und Schlafen ist Sinn und Zweck des Alltags. Alles andere ist verwerflich, ist Faulheit, Unfähigkeit, ist Parasitentum. Nur arbeitsscheues Gesindel wie Proleten und Kommunisten können es sich nach Papas Meinung leisten, an Wochenenden nicht zu arbeiten. Wer Zeit hatte oder sie sich nahm, war ein Taugenichts. Daran ließ er keinen Zweifel. Wenn er sich auf dem Acker oder im Heu quälte und sah jemanden seines Weges gehen, lief ihm die Galle über. „Urlaub? Ich habe auch keinen Urlaub! Das haben die Verbrecher von der Gewerkschaft erfunden. Was brauchen die faulen Säcke Urlaub, die sollen arbeiten."

> Müßiggang ist aller Laster Anfang.
> Erst die Arbeit, dann das Spielen.
> Morgenstund' hat Gold im Mund.
> Am Abend wird der Faule fleißig.

Kunst? Alberner Kram! Was soll das? Wenn Papa ein Bild sah, das er nicht verstand, oder wenn er etwas begutachtete, das Es-chen für die Schule gemalt hatte, sagte er mit Kennermiene: „Picasso!", und lachte abfällig. Röhrender Hirsch am Waldrand, Pferde im Gewitter, Abendrot in den Bergen, das war Kunst!

Wenn der gigantische Gänsegeierengel im Goldrahmen, der über Tante Almas Sofa seine Arme ausbreitete, nicht dort gehangen hätte, weil die gute Tante so hingebungsvoll gottgläubig war und darum immun gegen seine Lästereien, hätte er sich darüber bestimmt in bewegenden Worten geäußert. Aber so war wenigstens Tante Almas Ikone tabu.

„Ehre jeder Hand voll Schwielen. Ehre jeder nassen

Stirn". Nix da. Papa klagte oft, er sei der „Sklave seiner Scholle". Dass das nicht zum Herrenmenschentum passte, merkte er selber nicht. Papas Werte waren unumstößlich. Jedenfalls wusste er alles, zweifelte nie und machte immer alles richtig. Es gab nichts zwischen Himmel und Erde, das Papa nicht verstehen, erklären und einschätzen konnte. Schade nur, dachte Es-chen manchmal, dass es selbst oft was ganz anderes sah und so ganz andere Sachen leiden mochte als er. Papa ließ aber keine andere Meinung zu, darum behielt es das am besten für sich. Wenn das mal nicht ging, kämpfte es wie eine Löwin. Dann war es eine verdammte Kröte, ein aufsässiges Rotzbalg, das immer das letzte Wort haben wollte. Dann gab es Drohungen, Tränen und Türenschlagen.

Aber als es noch klein war, saugte Es-chen erst einmal alles auf, was mit Singen und Dichten, mit Hören und Erzählen, mit Tanzen und Spielen zu tun hatte — oft gerade das, was hinter vorgehaltener Hand getuschelt wurde, also verpönt war. Verpönt, komisches Wort, aber das gibt es, auch wenn Mama nicht weiß, was es heißt und Es-chen das lassen soll.

Papa liebte Operetten, die Lieder von Richard Tauber und Willy Schneider, Richard Strauß und Rudolph Schock. Er sang die alten Volkslieder tremolierend, versank selbst in seinen Tönen wie in Nebelschleiern. Er hob die Brust und breitete die Arme gen Himmel. Er schmetterte seine Lieder mit Inbrunst. Allerdings meistens, wenn er „mal einen über den Durst" getrunken hatte. Dann jubelte er: „Gern hab ich die Frau'n geküsst", „So ein Tag, so wunderschön wie heute". „Wein, Weib und Gesang" sei das Wunderbarste, verkündete er auf dem Gipfel seiner Glückseligkeit. Auf Veranstaltungen, so erzählten die Leute, tanzte er durch den Saal.

Als ihm dabei einmal seine Schuhe abhandengekommen waren, sang er „Ohne Schuh und ohne Strümpfe wandele ich wie eine Nymphe". Er unterhielt die ganze Gesellschaft. Alles, was in solchen Momenten aus ihm herausprudelte, reimte sich. Er behauptete, Goethe würde vor Neid erblassen.

Mama hat immer gesagt, sie habe sich so geschämt, sie würde nie wieder mit ihm zu einem Fest gehen, aber dann ist sie doch wieder mitgegangen, vielleicht auch, damit er nicht noch mehr Unsinn machte. Einmal ist er nämlich auf die Bühne gesprungen, mitten in ein Cello hinein und hat mit beiden Beinen im Instrument ungeniert eine Arie geschmettert.

Sonntagsmorgens in der Küche hörten die Frauen neben der Arbeit manchmal dem Sonntagskonzert im Radio zu. Da lernte Es-chen den Gefangenenchor aus Nabuko von Verdi kennen, „Flieg, Gedanke, getragen von Sehnsucht". So sang es schon bald aus voller Kehle: „Sagt, holde Frauen, die ihr sie kennt, sagt, ist es Liehibe, was hier so brennt". Da gab es erschütternde Ouvertüren, gewaltige Chöre und den Koloratursopran der „Königin der Nacht".

Es-chen übte sich darin, in so ganz, ganz hohen Tönen zu kollern wie die Sängerin im Radio. Dies war etwas ganz besonders Geheimnisvolles.

> Es steht ein Soldat am Wolgastrand.
> Hält Wache für sein Vaterland.
> In dunkler Nacht allein und fern.
> Es leuchtet ihm kein Mond, kein Stern.
> Regungslos die Steppe schweigt.
> Eine Träne ihm ins Auge steigt.

Und er fühlt, wie's im Herzen frisst und nagt,
wenn ein Mensch verlassen ist und er klagt. Und er fragt:
Hast du dort oben vergessen auch mich,
so sehnt doch mein Heheherz nach Liebe sich.
Du hast im Himmel viel' Engel bei dir,
schick doch einen davon auch zu mir!

Das ist aus „Der Zarewitsch" von Franz Lehar, anbetungswürdig und „Deutsches Kulturgut", das musste man kennen. Oder auch dies: „Ach, ich hab' in meinem Herzen da drinnen einen wunderbaren Schmerz", gesungen von Rudolf Schock. Es-chen schmolz dahin, gemeinsam mit Mama. „Immer nur lächeln und immer vergnügt, immer zufrieden, wie's immer sich fügt. Lächeln trotz Weh und tausend Schmerzen. Doch wie's da drinnen aussieht, geht keinen was an!" Das Land des Lächelns, Franz Lehar. Das war überzeugend!

„Vor meines Vaters Haus steht eine Linde. Vor meines Vaters Haus steht eine Bank. Und wenn ich sie einst wiederfinde, dann bleib ich dort mein Leben lang. (...) In dieser fremden, großen Stadt, in diesem Bild von Stein. Da grüßt dich kaum ein Blütenblatt, mit süß vertrautem Schein („ich bin allein, allein"). (...) Und kehr' ich heim, dann werd' ich lachen, wer weiß, wer weiß, wann das geschieht." Hört her, in der wehmutsvoll ersehnten Fremde geht es einem noch viel schlechter, als hier mit Mühsal und Schwermut.

Später, wenn Es-chen wie seine Geschwister und die Erwachsenen etwas unternehmen wollte, zog es wie sie Gummistiefel an, steckte die guten Schuhe in einen Beutel und stapfte durchs Wiesental oder über den Fahrweg durch den Bergwald zur Landstraße. Es war ihm peinlich, den

Stiefelbeutel an der Garderobe zum Saal oder zum Kino abgeben zu müssen. Aber das musste sein.

Das kleine Es-chen wusste davon aber noch nichts. Es nahm an den seltenen Feiern nicht teil. Zum Bauernfest, zu einer Hochzeit oder zu einer Beerdigung durfte es nicht mit. Es erging sich in wilden Spekulationen, was dort wohl alles passieren mochte. Die Großen redeten nur in Andeutungen.

Mama zerfloss beinahe in ihrer Sehnsucht nach höherer Kultur. Sie schloss sich einem Lehrerehepaar an und trat in die „Kulturgemeinde" ein. Endlich konnte sie ihre Fühler in die Welt außerhalb des Bauernhofes ausstrecken. Jetzt kaufte sie Bücher. Oft waren das Ratgeber, von Oswald Kolles Sexualaufklärung, sehr geheim und darum sehr interessant (sie versuchte erfolglos ihren Willy damit zu erziehen), bis zu „Schön sein, schön bleiben", das sie ihren Mädchen schenkte wie manche Väter ihren Jungen eine Modelleisenbahn. Sie sicherte sich nach und nach ihr Refugium, indem sie sich mit Büchern umgab und las. Sie panzerte sich mit Literatur.

Währenddessen rezitierte Papa auf dem Heuboden und unter freiem Himmel seine alten Schulgedichte. Er war im Gegensatz zu ihr, die nur in die Volksschule gegangen war, gebildet. Das behaupteten jedenfalls seine Schwestern. Er hatte die „Mittlere Reife". Erhobenen Hauptes mit geschwellter Brust dröhnte es über den Hof: „My heart is in the Highlands, my heart is not here (...)" Und das stimmte. Er verzehrte sich in Fernweh. Aber kaum war er eine Woche unterwegs, brach er die Unternehmung unter dem Vorwand der Unentbehrlichkeit ab und kam zum Schrecken aller vorzeitig zurück. Dann klang Mamas in die Berge geschicktes, von Wehmut beflügeltes Lied nicht mehr so fest und hell:

„Ach, du klarblauer Himmel, wie schön bist du heut'. Möchte ans Herz gleich dich drücken, vor Jubel und Freud'", denn das war nicht für Papa, sondern für Otto bestimmt. Aber das ist wieder eine andere Geschichte, und eine, die Es-chen damals nur ahnte.

Es-chen sang alles, alles was es hörte, reinen Herzens mit. Es nahm alle Harmonien und Rhythmen mit Wonne auf. Bitte: Was ist der Unterschied zwischen dem Lied "Es waren zwei Königskinder" und dem Schlager von Gus Backus: „Brauner Bär und weiße Taube"? Es-chen liebte sie alle. Egal, ob sie aus Mamas Nachtigallenkehle oder aus dem Radio erklangen. Das ist „Deutsches Liedgut"! Dafür gibt es keinen Qualitätsunterschied und kein Verfallsdatum. Jedenfalls konnte ihm das niemand erklären. Darum war es für Es-chen auch so unverständlich, dass Papa über das „Hurengebölke" im Radio schimpfte, das Es-chens Bruder bei Stallarbeiten extra laut stellte, damit es über den ganzen Hof schallte und damit Papa sich ärgerte.

Ob „Rose von Stambul" aus dem Zigeunerbaron oder „Gold'ne Abendsonne", Es-chen inhalierte genussvoll alles, unterschiedslos. Es sang und rezitierte, was es einmal gehört hatte. Was ihm gefiel, das reproduzierte es unverzüglich und immer wieder. Die Kühe und die Gänse waren dankbare Zuhörer. Die Gänse hörten sogar auf zu schnattern und drehten ihre Köpfchen. Es-chen war ihr Star.

Volkslieder aller Couleur haben sich Es-chen ins Herz gegraben. „Wer hat dich du schöner Wald, aufgepflanzt so hoch dort droben", ist eigentlich nur für sonore Männerstimmen so wie die von Papa. Es-chen schmetterte es durch Buchen- und Eichenwälder in der Fassung seiner, also Papas,

Verfassung. Schaut selbst nach! Heute ist das Lied nicht nur „politisch korrekt", sondern auch exakt nach Eichendorff formuliert. Es ist nicht der „Deutsche Wald", wie Papa ihn besungen hat, nein, heute ist es wieder ganz allgemein der „schöne" Wald, den Gott dort droben aufgepflanzt hat. Aber davon konnte Es-chen nichts wissen.

Es grölte auf Mäxchens Rücken „Ein Jäger aus Kurpfalz", „Alles neu macht der Mai", auch im Winter, und „Die Zigeuner sind lustig". Es liebte besonders „Am Brunnen vor dem Tore" und „Im Frühtau zu Berge". Es kann also doch nicht alles trist und still gewesen sein! Die Eltern haben in seinen frühen Tagen wohl doch noch bei der Arbeit gesungen.

Kaum ein paar Jahre später sollte Es-chen den sogenannten „bildungsfernen Schichten" zugeordnet werden. Es war und blieb ein kulturloses Bauernkind. „Auf dem Lande!" wie sie es nannten, mit Betonung auf „e", was Es-chen geradezu hasste, gäbe es keine Kultur, behaupteten sie. Unwesentlich, ob es die Beatles, Strawinsky oder Fidelio nicht kannte, es war und blieb `ne Kulturbanause.

„Was kennst du denn für bescheuerte Lieder!" oder „Wo hast du DAS denn her!" waren beliebte Bemerkungen. Es-chen wurde still, aber die hielten das erwachsene Es-chen viel später zum Glück nicht davon ab, zu seinen Liedern zu stehen. Nur die ganz schlimmen, schmalzigen und die unanständigen, die sang es doch lieber heimlich.

Poesie und Lyrik

Sinnsprüche, Sprichwörter und Verse, Reime und Gedichte, Zitate und Lebensweisheiten begleiteten Es-chen durch seine Kinderzeit. Sie wurden mit Andacht gelesen oder sie verkamen unerkannt, wurden dahin geträllert, einige auch pathetisch zelebriert. Man bewies damit seine Belesenheit und setzte sie gezielt zu Erziehungszwecken ein.

In der Küche hing ein bemaltes Holzbrett an der Wand:

Beklage nie den Morgen, der Müh und Arbeit gibt.
Es ist so schön zu sorgen für Menschen, die man liebt.

Über allem herrschte aber dies wie eine Drohung und Weissagung:

Liebe ein Mutterherz, so lang es schlägt,
wenn es zerbrochen ist, ist es zu spät.

Als Es-chen ins dritte Schuljahr kam, wurden Poesiealben, in die alle wichtigen Leute wichtige Sachen schrieben, ganz wichtig. Es-chen bekam das braune, als-ob-lederne Album mit der goldenen Aufschrift „Poesie" zu seinem achten Geburtstag. Mama schrieb hinein:

Ach Sonne, liebe Sonne, so scheine doch, schein'!
Ich halt' meine kleine Gudrun in die Strahlen hinein.
Dann hat sie gold'ne Kleidlein, goldene Strümpflein, goldene Schuh'.
Auf dem Köpflein das Schöpflein leuchtet golden dazu.
Ach Sonn', liebe, liebe Sonne, ich bitte dich fein:
Schein' auch meiner kleinen Gudrun ins Herzel hinein!
Dass wie Gold ihre Liebe, dass wie Gold ihre Treu',
dass im Leben sie wie eben, stets ein Goldkindchen sei.

Dazu hat sie eins dieser kleinen Schwarzweiß-Fotos von 1946 eingeklebt. Sie steht am offenen Fenster, damals noch mit Butzenscheiben im Oberlicht, und hält ein glatzköpfiges Baby in die Sonne. Das steckt in einem strammen Puck und guckt auch so. Wie viele Male mag sie es späterhin abgeschrieben haben und als Beweis für ihre Mutterliebe an alle möglichen Bekannten ihrer erwachsenen Tochter geschickt haben?

Papas Erguss ist nicht weniger bedeutungsträchtig. Er schrieb in seiner flüssigen, Sütterlin geprägten Handschrift:

> Meine liebe Gudrun!
> Vor allem eins, mein Kind, sei treu und wahr,
> lass' nie die Lüge Deinen Mund entweihen.
> Von Alters her im Deutschen Volke war höchster
> Ruhm,
> getreu und wahr zu sein.
> Zur steten Beherzigung, Dein Vater! (Ausrufezeichen)

Es-chen konnte nichts damit anfangen. Dies schien von einer fremden Person an eine fremde Person geschrieben worden zu sein. Es wünschte sich, aber nur ganz heimlich, damit Mama nicht traurig würde, einen richtigen Vater und eine andere Familie. Das betete es im Stillen zum Lieben Gott, oft unter Tränen unter der Bettdecke.

Weiter im Poesie-Album. Die Schwester durfte schreiben, was sie wollte. Sie schrieb:

> Blüh' wie das Veilchen im Moose,
> bescheiden, sittsam und rein,
> nicht wie die stolze Rose,
> die immer bewundert will sein".

Auftrag erledigt.

Aber der Bruder beugte sich nur mit äußerstem Widerstand der Vorgabe seiner Mutter. Er hatte zu schreiben:

Gott hat die Welt so schön gemacht!
Die Erde und des Himmels Pracht,
der grüne Wald, das weite Meer,
die Sonne und der Sterne Heer
verkünden alle weit und breit
uns Gottes Macht und Herrlichkeit.

Das hat er seiner Schwester hingeknallt, war stinksauer und nannte es Blödsinn, vor allem, weil Mama ihn dazu gezwungen hatte. „Meine Güte, das ist doch wohl nicht zu viel verlangt!"

Oma war ehrlich wie immer. Sie schrieb überzeugt und überzeugend:

„Wenn es einen Glauben gibt, der Berge versetzen kann
so ist es der Glaube an die eigene Kraft!

Strich drunter und dann:

Bei der Arbeit magst du singen!
Das verleiht der Arbeit Schwingen!

Praktisch, brauchbar, fertig!

Seine geliebte und verehrte Patentante Alma hat sich in ihrer gestochenen, altdeutschen Schrift schon zum Geburtstag 1953 verewigt, genauso wie sie von Herzen war:

Hast du im Tal ein sicheres Haus,
dann wolle nicht zu hoch hinaus.
Streb' nie nach äußerer Herrlichkeit.
Das innere Glück bringt dir Zufriedenheit.

Sein erster Lehrer, Herr Wahlefeld, schrieb mit freundlichem Gruß:

> Bei jedem Aufsteh'n stelle dir die Frage:
> Was tu ich Gutes an dem heut'gen Tage?
> Und denke, wenn die Sonne geht, sie nimmt
> ein Stück des Lebens mit, das dir bestimmt.

Daran hat Es-chen sich oft erinnert. Der Gedanke klingelte in seinen Ohren, ein Stück Leben, das ihm bestimmt ist, extra nur ihm allein. Darin steckt eine Aufgabe und ein Ziel.

Und sein Lehrer Herr Schulte schrieb von Friedrich Rückert:

> Du bringst nichts mit hinein.
> Du nimmst nichts mit hinaus.
> Lass eine gold'ne Spur im alten Erdenhaus!

Schön, nicht!? Das macht Mut!

Inzwischen hat Es-chen das ja verwunden, aber lange Zeit hat es sein Poesiealbum als „verdorben" angesehen. Irgendeine Mitschülerin hat es ganz gut gemeint und auf alle, auch die unbeschriebenen Seiten riesengroße, zum Teil mit Glitzerglimmer bestreute Glanzbilder geklebt, bevor es ihm das Album zurückgegeben hat.

Auf Herrn Wahlefelds Seite schiebt ein blondgelocktes Kindlein im roten Kleidchen mit Blümelein im Haar einen silbern flimmernden Korbpuppenwagen. „Ein Stück Leben, ihm bestimmt."

Es-chen mochte Glanzbilder, auch die mit den Silberkrümeln. Es schnitt fein säuberlich die Laschen ab, wenn es einmal einen Bogen geschenkt bekam, und sammelte sie in einer hölzernen Zigarrenschachtel von Onkel Arthur. Von den Schreibern in ihrem Poesiealbum wünschte es sich aber eigene Verzierungen. Am liebsten hätte es etwas selbst

Gemaltes gehabt, Ornamente vielleicht. Die mochte es besonders gerne, so wie die Seite von Frau Wienbruch aus dem April 1954. Sie hat eine Reihe Ostereier im Grünen gemalt und ganz oben links ein singendes Vögelchen. Zauberhaft.

Was Es-chen in seiner dicken, grünen Kladde beherbergte, war ein buntes Durcheinander von Dichtung in allen möglichen Formen, aus allen Zeiten und mit unterschiedlichstem Anspruch. Es hat die Texte in Abreißkalendern und in Tageszeitungen gefunden und aus Büchern abgeschrieben. Vielleicht gab das den Anstoß zu seiner eigenen Gedichtsammlung.

Es hatte die Bücher zurückzugeben, wollte den lyrischen Schatz aber behalten. Romantische Gedichte, Naturgedichte und Balladen haben in der Erinnerung das Übergewicht, Lulu von Strauß und Torneys „Letzte Ernte", Friedrich Rückert mit zahllosen klugen Versen, Ernst Moritz Arndt mit seinem Vaterland-Gedicht: „(...) Wo mir Gottes Sonne zuerst schien (...)". Ach, das hat es beim Reiten durch die heimischen Wälder Mäxchen und den Vögeln vorgetragen. Seine Stimme flog voraus: „(...) und seien es kahle Stellen und öde Inseln: Du musst das Land ewig lieb haben!" Sein Land war so wunderschön! Darum auch dies: „Es ist der Wald wie eine Kirche, drum geh' mit Andacht du hinein." Von wem das sein mag? Das fiel ihm immer an derselben Stelle im Wald oben auf dem Berg hinter Oma Böckchens Haus ein, da wo die Baumwipfel ein goldgrünes Gewölbe über den Weg woben.

Joseph Freiherr von Eichendorff's Naturbilder waren Es-chen so nah, als hätte es sie selbst gedichtet. Mörike, Uhland, Rilke und Rudolph Alexander Schröder ragen heraus und ach ja, ganz besonders August Kopisch mit seinen „Heinzelmännchen zu Köln". Der hat auch so dramatische Gedicht-Geschichten wie „Der Schneiderjunge von Krippstedt" geschrieben, entsetzlich gruselig.

Zwanzig Seiten nimmt ein Höhepunkt in den gesammelten Gedichten ein: Friedrich Schillers Lied von der Glocke. Das kannte Es-chen zum Leidwesen seiner Schwester beinahe von vorne bis hinten auswendig. Schon allein, weil es keine Gedichte für die Schule lernen durfte, flogen sie ihm zu, während sich die Schwester damit herumquälte und darüber ärgerte.

Wegen Theodor Fontanes „John Maynard" hat es einmal richtigen Streit gegeben, weil Es-chen der Schwester beim Auswendiglernen „geholfen" hat. Es hat ihr die nächsten Wörter oder Sätze vorgesagt, wenn sie stecken blieb. Es konnte nicht verstehen, warum sie das so schrecklich fand, der Steuermann war doch so ein toller Mann, ein Held. Der hat für seine Matrosen sein Leben gelassen.

Manche Gedichte waren zum Weinen schön: „Ich habe mein Roß verloren, mein apfelgraues Roß" von Hoffmann von Fallersleben. Dagegen ist die Nationalhymne ein Witz.

Es-chen liebte seine Gedichte unabhängig von Zeit und Raum. Sie waren ein Geschenk, an dem man sich freut, ohne es zu bewerten, zu interpretieren oder Absichten dahinter zu suchen. Es-chen war in seinem ureigensten Wort-Reich, wenn es sich im Singsang wiegte, eingelullt in Wohlklang und Gefühl. Es sprach die schroffen, harten und scharfen Worte nach und die weichen, milden und linden und erlebte die Farben der Lautmalerei und Gefühle, die keine Rechtfertigung verlangten. Niemand fragte, ob es auch verstand, was es da las oder aufsagte. Es nahm die Inhalte seiner gedichteten Schätze eins zu eins hinein in seine Kinderzeit. Dabei konnte es sich richtig aufregen, zum Beispiel über die Erbsen auf der Treppe damals in Köln. Das war doch gemein!

Wenn ein Gedicht es traurig machte und seine Sehnsucht weckte, vielleicht nach einem Vater, der ihm „die Lehren der Weisheit ins Herze grub", so steckte doch auch immer etwas Hoffnung darin. – „Freude dieser Stadt bedeute. Friede sei ihr erst' Geläute". Obwohl Mama wie selbstverständlich behauptete, das Schicksal nähme seinen Lauf und Gott habe sie und es an diese Stelle gesetzt, damit sie und es die damit verbundene Pflicht erfüllten, sagte sie: „Vor den Erfolg haben die Götter den Schweiß gesetzt". Das war Mamas Meinung. Eins stimmte aber, Arbeit, bäuerliche Arbeit, war das Grundmotiv des Lebens.

Darum konnte Papa auch mit viel Pathos und Spucke Ferdinand Freiligraths Gedicht „Ehre der Arbeit" deklamieren:

> Wer den wucht'gen Hammer schwingt,
> wer im Felde mäht die Ähren,
> wer ins Mark der Erde dringt,
> Weib und Kinder zu ernähren,
> wer stroman den Nachen zieht,
> wer bei Woll' und Werg und Flachse
> hinterm Webestuhl sich müht,
> dass sein blonder Junge wachse:
> Jedem Ehre! Jedem Preis!
> Ehre jeder Hand voll Schwielen!
> Ehre jedem Tropfen Schweiß,
> der in Hütten fällt und Mühlen!
> Ehre jeder nassen Stirn
> hinterm Pfluge! – doch auch dessen,
> der mit Schädel und mit Hirn
> hungernd pflügt, sei unvergessen!

Allerdings: Handwerker, ob Schmiede, Weber, Müller, ob Treidler oder Hüttenarbeiter, sie waren für Papa nur verachtenswert. Das waren „billige Proleten". Doch auch ein Geistesarbeiter, der mit Schädel und mit Hirn arbeitete, war für ihn nichts als lächerlich, ein „Bleistiftkönig".

Der blonde Junge und die nasse Stirn hinterm Pfluge, die allein hatten wahren Wert!

Getreideernte
Die Garben werden aufgestellt

Geige, Flötenspiel, Turnen und Ballett

waren Themen, mit denen Es-chen die Großen nervte. Solche Spinnereien, das steht außer Frage, haben keinen Sinn und kosten nur Geld. Wenn es Geigenspiel hörte, wünschte Es-chen sich in eine andere Welt. Mit Geigen wie Engelszungen und Vogelgezwitscher träumte es sich fort. Es richtete sich auf, breitete die Arme aus und legte den Kopf zur Seite. Im weiten Schwung führte es den imaginären Bogen über die Saiten. Es lächelte und glaubte, in seinen eigenen Klängen zu schwimmen. Es strich über das samtweich polierte, glänzende Geigenbäuchlein, trug es auf Händen – bis es jäh herausgerissen wurde durch den groben Alltag, der wie ein eisiger Windstoß die Vision zerfledderte. Ob Mozart, der Zigeunerbaron oder Sphärenklänge, sie zauberten für Es-chen eine Welt der Töne. Es war eine tönende Welt.

Nein, eine Geige konnte Mama nicht kaufen. Da half kein Betteln. Die war viel zu teuer. Sie hat nachgefragt und auch einen Geigenlehrer besucht. Der hätte Es-chen eine Geige geliehen. Aber Geigenunterricht hätte Papa nie erlaubt. So ein Schwachsinn! Es war schon schlimm genug, das gottverdammte Gepiepe anhören zu müssen, wenn Es-chen für ihre Flötenstunde in der Schule übte. Er konnte das nicht ertragen und drohte damit, sie zu zerbrechen und zu verbrennen. Darum ist Es-chen mit der Flöte auf den Heuboden gegangen, wenn es regnete oder weit genug nach draußen bis in die Wiese am Waldrand. Wenn es mit der Flöte erwischt wurde, musste es arbeiten, damit es endlich wieder still war.

Aber Mama mochte es, selbst Musik zu machen.

Die wusste, dass man das erst lernen muss. Ihr hat Papa ganz früher, als er noch um sie geworben hat, wie sie erzählte, eine Laute geschenkt, weil sie sich die so sehr gewünscht hatte. Aber sie durfte auch nicht üben. Das hasste er. So hat sie den Unterricht wieder aufgegeben und nur noch heimlich geklimpert. An Weihnachten, ja, da sollte sie „O du fröhliche" spielen. Hat sie auch! Und sie hat Es-chen aus einem weißen Seihetuch für die Milch ein molliges Einwickeltuch für ihre Flöte gemacht. Eine Flöte, eine Laute, Noten und Notenschlüssel hat sie darauf gestickt. Mit einem roten Häkelstich hat sie es umsäumt, und Es-chen hat es zeitlebens in Ehren gehalten.

Im Kopf nahm Es-chen die Musik mit in seine Kinderarbeit. Und es tanzte und tanzte! Es stand an der Stange, in seiner Vorstellung im Tutu, in echt im Demi Plie, oder auf seinen Zehenspitzen. Es sprang auf seine Fußspitzen, rutschte in den Spagat, stand auf einem Bein, das andere senkrecht in die Luft gestreckt. Es wirbelte herum, federleicht wie ein Flügelschlag. Es streckte die Arme über den Kopf ohne Ecken und Kanten in weichem Bogen. Wirklich! Eckiges gab es auf den Bildern, die es sammelte, nämlich nicht. Anna Pawlowa, Nurejew, Nijinsky — Bilder aus dem russisch-französischen Ballett geisterten ihm durch den Sinn, Ausschnitte, Fragmente, bodenlose Träume, Fragen ohne Antworten, nur Bewegung ohne Anfang und Ende, die ganz großen Tanzdramen auf den Weltbühnen bis hin zur Moderne.

So stand es, tanzte und drehte die Stange auf dem Güllesilo. Das war der Hebel für die Säule mit dem Jauchestrahl, Runde um Runde. Runde um Runde drehte es. Seine

Aufgabe war es, den stinkigen Mistbrei im Silo zu verflüssigen. Aus der alten Gülle stiegen Übelkeit erregende Faulgase. Mittels der zu drehenden Säule wurden Jauche und Wasser in den „Mistkuchen" gespritzt, bis er so weit aufgeweicht war, dass er in Rohren auf Felder und Weiden ausgebracht werden konnte. Wehe, die Düsen setzten sich zu oder der Mistbrei war nicht weich genug. Dann regnete es Flüche über die kleine Traumtänzerin. Augen zu und durch, mit Schwanensee und dem Nachmittag eines Fauns. Oder Es-chen flog davon wie Giselle und machte sich bei der nächsten Gelegenheit unsichtbar. Für Es-chen war Tanz Schwerelosigkeit, Schweben in einer Welt der Schönheit, Anmut und Sanftheit. Jedes noch so kleine Bild, jede Notiz, jedes Buch, jeder Bericht oder Film bestärkte es darin, dass es durchs Leben tanzen werde.

Sein Begleiter über mindestens zehn Jahre war ein Wochenkalender mit Fotos vom klassischen Ballett. Sie gaben ihm die Stichworte für seine Suche nach weiteren Informationen.

Es probte die Posen auf den Fotos, trippelte auf nackten Zehenspitzen durch die Stallgasse und drehte Pirouetten, bis ihm nicht mehr schwindelig davon wurde. Mit seinen orthopädischen Schuhen fand das alles allerdings ein abruptes Ende. Der Traum vom Ballettunterricht war ausgeträumt. „Dazu hast du zu schwache Gelenke!", behauptete Mama. Wer's glaubt. Papa hätte das sowieso nie erlaubt.

Im Winter war der Turnunterricht in der Schule nach Es-chens Herzen, wenn Boden- und Geräteturnen angesagt war. Der Stufenbarren: Unter- und Überschwung und Schwingen und Abspringen und Hände an die Hosennaht. Im Grätschsitz auf der unteren Stange sitzen, mit elegant nach hinten gestrecktem Bein, Fußspitzen gestreckt, den Arm weit ein- und ausladend himmelan. Da meckerte niemand. Es-chen wuchs über sich hinaus. Das kribbelte. Die Lehrerin fragte bei Papa und Mama an, ob es nicht im Turnverein Leistungssport beim Kunstturnen mitmachen dürfe. Nein! Im Winter hätte es im Dunkeln alleine den weiten Weg zum Hof zurückgemusst, das gestatteten sie nicht. Also blieb es bei den Turnstunden in der Schule.

Einmal war Es-chen wirklich leichtsinnig, ist mit je einem Bein in die Ringe gestiegen, die von der Hallendecke herunterbaumelten, und hat sich mit wenigen kraftvollen Schwüngen bis hoch unters Hallendach hinaufgeschaukelt. Es hat mit der Turnschuhspitze einen Stempel unter die Decke getupft. Die Wette, dass es sich das traut, hat es gewonnen. War ja kein Problem. Aber bis die Ringe sich ausgeschwungen hatten und es aussteigen konnte, das dauerte. Inzwischen ist ein Lehrer reingekommen und hat es gesehen. Der Fleck an der Decke sei Beweismittel genug, hat der Lehrer gesagt. Es durfte die Wette nicht einlösen, bekam einen Tadel und in Zukunft nie wieder die Möglichkeit, in den Ringen zu schaukeln. Sie wurden mit einem Seil unter die Hallendecke gezogen, unerreichbar.

Schade!

Wünschelrute

Da waren Männer mit gewichtigen Mienen am Werk. Sie gingen gemessenen Schrittes über den Hof und murmelten. Die Männer sahen groß, grau und ernst aus. Sie gingen mit langsamen, schleppenden Schritten, übergingen das kleine Mädchen. "Da, hier! Hier! Ich kann die gar nicht mehr halten!", hatte einer der Männer gerufen. Die Gesichter waren gespannt und Papa hat gesagt, dass er das nicht glaube, und dann musste der Mann noch mal gehen. Papa nickte. Kein Zweifel. Er nickte anerkennend. Sie besprachen sich, bevor sie ins Haus gingen. Es-chen hat die Gelegenheit genutzt, ihnen zu folgen, ihnen zuzuschauen und schließlich, ihnen nachzueifern. In seinen großen, klobigen Gummistiefeln sollte ihm das auch gelingen.

Sie sahen Es-chen nicht, wie es den achtlos fortgeworfenen Ast mit den zwei Zweigen nahm. Es hielt ihn an seinen ausladenden Enden vor sich, ganz fest und konzentriert in den Fäusten. Es-chen ging zum Ausgangspunkt und wie auf einem Seil den gleichen Weg, genau wie sie es getan hatten, am Schweinestall entlang zum Pferdestall und daran vorbei. Es starrte auf den Ast. Doch was war das? Plötzlich drehten sich die Enden der Zweige in seinen Händen. Die Astspitze neigte sich gegen den Boden. Es hielt dagegen. Aber es konnte sie nicht daran hindern, dass sie sich drehten. Die Wünschelrute schlug aus!

Es-chens Herz schlug auch an. Durfte es das jemandem erzählen? Sie würden es auslachen und sagen, dass es angab und versuchte zu betrügen. Es versteckte die Wünschelrute hinter dem Steinhaufen, da wo die Feuersalamander wohnen. Wenn niemand in der Nähe war, holte es die Wünschelrute hervor und lief den Weg noch einmal hinauf. Ob barfuß, ganz langsam oder ganz schnell, egal wie, den Weg rauf und wieder runter, die geheimnisvolle Kraft wirkte. Sie wirkte immer und zog an der Rute, egal ob Es-chen das wollte oder nicht.

Viel später, als jemand erzählte, das sei alles Betrug mit den Wünschelrutengängern, hat Es-chen mit selbstbewusster Geste, gesagt, „Natürlich ist das kein Quatsch! Das kann ich auch!" Da war es sich ganz sicher.

Mäxchen in der Sonne

Sehnsüchte und Träume

Rote Ballerinas mit weißen Söckchen, ein kurzes Röckchen und dann mit Himbeerlimonade im Sonnenschein sitzen und gesehen werden. Das wär's doch! Die gab es wohl, die roten Ballerinas. Es-chen hatte sie selbst schon gesehen, leibhaftig! Mit solchen Schühchen sähe alles anders aus! Es könnte sogar fliegen. Und rosa Limonade gab es auch! Nur nicht für Es-chen. Um die zu bekommen, musste man in einem Gartencafé sitzen auf einem viel zu hohen Stuhl und mit den Beinen baumeln, die Füße in den roten Ballerinas. Sie waren ein Traum, ein jahrelang unerfüllter Wunsch.

Wenn Es-chen eine Auszeit brauchte, verbrachte es die im Wilden Westen. Egal, ob es dorthin geflogen ist oder verloren ging und sich dort wiederfand. Egal, ob es geflohen oder ausgesetzt worden war. Es schlug immer im Wilden Westen auf. Inmitten der unendlichen Prärie versteckte es sich unter einem Stachelgesträuch. Aus sicherer Deckung beobachtete es die Kämpfe zwischen Cowboys und Indianern, zwischen Ranchern und Bösewichten. Es bestand selbst die gefährlichsten Abenteuer. Es stahl einen Mustang und war schneller als alle Verfolger. Das schmückte Es-chen wunderbar aus. Stellt Euch vor, wie der goldene Palominohengst schnaubend auf es zukam. Er war der Schönste und Stärkste. Er duldete nur Es-chen allein auf seinem Rücken und wenn er es durch die Steppe trug, trommelten die Füße unter der Bettdecke den Takt dazu, 1-2-3, 1-2-3, bis es selig einschlief.

Es nahm seine Träume mit in seine geheimen Räume und in die weiten Weiden zum Kühe holen. Das ging besonders gut. Es-chen im Wilden Westen sah und wusste alles. Es konnte voraussehen, was passieren würde. Es war blitzschnell, ritt wie der Teufel und konnte beidhändig schießen. Nie brachten seine Träume es in Gefahr. Das Wissen um seinen wachen Geist, seinen schnellen Colt und sein schnelles Pferd, bescherten ihm Unverwundbarkeit. Satt, warm und trocken in der Weite der Prärie auf dem Rücken liegen, auf einem Grashalm kauen, wie Papa es tat, den Sternenhimmel über sich und das Schnauben seines treuen Mustangs im Rücken hören – das war wunderbar. Es schob seinen Cowboyhut mit dem Zeigefinger vom Nacken her vor die Augen und tat, als schliefe es.

Eins war schwierig: Immer, wenn es verwegen und mutig oder verliebt irgendwo ankommen, ein Zuhause haben und bleiben wollte, blieben seine Phantasien plötzlich weg. Wenn es seine Ahnungen weiterspinnen wollte, verhedderten sie sich. Wiederholungen funktionierten nicht. Es-chen blieb in seinen Träumen stecken. Das war ganz schlimm.

> „(…) werd' ich zum Augenblicke sagen,
> verweile doch, du bist so schön."

Aber das ist eine andere Geschichte.

Übrigens, sein Cowboyhut, ein schwerer, breitkrempiger Filzhut, war kein Traum, den hatte es wirklich. Das war ein echter Cowboyhut. Der ist mit Es-chen viele Male umgezogen und ihm treu geblieben, auch als es ihn längst nicht mehr tragen mochte, weil Erwachsene so etwas nicht tragen. Aber damals, unter dem Hut, hat ihm niemand was vorgemacht. Und wenn es den trug, hat es nichts anbrennen lassen.

Spielen

Was ist Spielen? Spielen ist Knicker sammeln und mit anderen Kindern auf dem Weg die Steinchen und Äste wegwischen, eine Kuhle machen und um Ruhm, Ehre und vor allem um die schönsten Knicker zu kämpfen. Schnipp, daneben. Mist! Die dicken Glasknicker sind Es-chen als Einsatz zu schade. Dafür nimmt es nur die kleinen Tonknicker.

Spielen ist, mit zwei oder vielleicht sogar drei Bällen zugleich spielen zu können, Doppel- und Dreierbällchen hoch in die Luft oder an die Wand. Und die Diabolo-Spule sausen zu lassen, sie zu werfen und wieder aufzufangen. Ja, auch Kreisel drehen, aber der braucht einen glatten Boden. Seilspringen war toll, vorwärts, rückwärts, mit gekreuzten Armen und sogar mit Doppelschlag. So fix konnte Es-chen springen.

Spielen ist, mit einem Faden zwischen den Händen im Handumdrehen komplizierte Verknüpfungen und Muster zu zaubern. Das geht am besten zu zweit, auch Gummitwist und Käsekästchen hüpfen.

Spielen ist aber nicht nur Spielen mit Spielsachen. Schauspielern ist auch schön. Einmal ist es abends spät durch den dunklen Wald von Oma Böckchen nach Hause gewandert. Da hat es im Schein seiner Taschenlampe eine Faust geballt und ganz schnell in den hellen Kegel über dem Waldweg geboxt, wieder und wieder, und hat furchterregende Laute dazu ausgestoßen, bis der Widersacher aufgab. Schön gruselig! Und dann hat es die kleine Hand zu einer riesigen Greifklaue verkrampft und ganz, ganz langsam im fahlen Lampenlicht auf seine eigene Gurgel zugeführt. Das kribbelte so schön, aber nur ein-, zweimal, weil es ja nicht sehen konnte, wie das weiterging. Es hat sich verrenkt, die Lampe hinter's Bein gehalten und es langsam ausgreifend angehoben — wie Rübezahl. Sein Schuh warf einen riesengroßen Schatten. Ließ es den Fuß auf dem Waldboden stampfen, schrumpfte er, flupp, zum kleinen Wanderschuh. Stapf, stapf, stapf.

Woher es das heute noch weiß? Na, Mama hat seinen Bruder losgeschickt, um es abzuholen, weil es doch schon so spät war. Der hat sich im Gebüsch versteckt und Es-chens Spiel beobachtet. Als er, kaum dass Es-chen vorbei war, mit Gebrüll aus dem Gebüsch gesprungen ist und es von hinten angefallen hat, fand Es-chen das gar nicht komisch. Auch nicht, dass er nachher in der Küche von Es-chens affenartigen Verrenkungen mit den Füßen und der Klaue und der Faust erzählt hat. Alle haben gelacht.

Es-chen konnte spielen wie ein Tier, tollen, toben, wild rasen und spielerisch kämpfend Überleben üben. Im Rahmen seiner eingebildeten Abenteuer konnte es sogar großzügig sein und sich mit seinen Feinden versöhnen. Es liebte Als-ob-Spiele, das zu tun und es so zu tun, wie die Erwachsenen es machten. Mit Geduld und Strenge fuhr es die in Puppen-kleider gezwängte, widerspenstige Katze im Puppenwagen spazieren.

Spielen war auch Selbstzweck. Es-chen vergaß Zeit und Raum. Es konzentrierte sich ganz auf das Erleben, ging darin auf. Spielen bedeutete, Träume zu verwirklichen. Es-chen lernte im Spiel, die Herausforderungen des Alltags zu bewäl-tigen, sich stark zu machen, groß zu sein, zu widerstehen. Im Spiel konnte es seine Lebenswelt imaginär verteidigen und sich sogar Wünsche erfüllen, die völlig unerfüllbar waren. Manchmal spielte es Probleme nach. Wenn es etwas verboten bekommen hat oder es Streit gegeben hat, übernahm es die wichtigste Rolle bei der Klärung. Es trug wesentlich zur Lösung bei. Ohne Kontrolle von außen konnte es machen und lassen und wagen und gewinnen. Schade nur, dass die anderen Kinder, wenn denn mal welche auf den Hof kamen, ihm beim Vater, Mutter und Kind-Spiel immer nur die Rolle des Kindes zuwiesen und an ihm herumkommandierten. Das gefiel ihm gar nicht. Da waren ihm seine Phantasiespiele und Basteln und Bauen doch viel lieber.

Spielen mit Regeln war schwierig. Papa schummelte immer beim "Mensch, ärgere dich nicht" spielen. Dann kriegten die anderen die Wut. Meistens wurde das Spiel über den Haufen geworfen und die Spieler rannten auseinander.

In der Schule machten die Kinder manchmal Rennspiele. Eins heißt: „Wer fürchtet sich vorm Schwarzen Mann?" – „Niemand!" – „Wenn er aber kommt?" – „Dann kommt er!" – „Wenn er aber krie-h-igt?" – „Dann kriegt er!" Und los geht's. Schrecklich, obwohl man doch weiß, dass man gejagt wird und mitmachen will, kriegt man Angst. „Kriegen spielen" wollten die anderen Kinder immer. Allein das Ansinnen war Es-chen unheimlich. Das heißt doch „Krieg spielen!"

„Reise nach Jerusalem" mochte Es-chen auch nicht. Wenn es glaubte, einen Stuhl ergattert zu haben, wurde es zur Seite geschubst. Da war schon besser: „Dreht Euch nicht um. Der Plumssack geht rum. Wer sich umdreht oder lacht, der kriegt den Buckel blau gemacht." Wenn man nicht trödelte und träumte, konnte man den Plumssack, das Kind, das das Taschentuch heimlich hinter einem fallengelassen hat, fangen und mit dem Tuch klopfen.

Wenn Papa mit seinen Kindern spielte, dann ging das so:

Er nahm Es-chen auf den Schoß, rieb sein unrasiertes Kinn an seiner Wange, bis sie rot und wund war, und wenn es weinte, stieß er es von sich. „Albernes Blag!" Oder er ließ es auf seinen Knien reiten. „Hoppe, hoppe Reiter", er warf es mit jedem Schubs hoch. Es knallte auf sein Knie, dass ihm sein Rücken brechen wollte, wieder und wieder.

Er hörte auch nicht auf, wenn es darum bat. Wenn es schrie vor Angst und Schmerz, nannte er es dumm und stieß es von sich.

Manchmal fing er es ein. Es lachte und freute sich über die Umarmung. Aber dann kitzelte er es durch. Er hielt es fest und kitzelte es, bis ihm alles weh tat, bis es keine Luft mehr kriegte und in Panik geriet. Es bettelte, jammerte, es flehte und schrie. Erst wenn es kreischte, ließ er es aus und stieß es von sich, weil es keinen Spaß verstand. Mama schimpfte: „Muss die Alberei denn immer in Streit ausarten!" Albern war das wirklich nicht.

Für Papa und Es-chens Bruder war Raufen und Ringen ein Spiel. Aber was für eins! Sie neckten sich, sie schubsten sich, sie knufften sich und zerrten aneinander. „Komm doch, du Feigling! Ich geb's dir!" — „Mach doch! Ich kann's dir sowieso!" Sie verkeilten sich ineinander. Es dauerte nicht lange, dann bekam einer von beiden die Wut, weil sein Sieg infrage stand. Einer wurde grob, der andere brüllte, „ich schlag dich tot!" Dann wurde es ernst. Schrecklich! Sie kämpften bis aufs Blut! Zeit für Es-chen zu verschwinden.

Spiele sollten auch die Bundesjugendspiele sein. Jährlich wurden sie in der Schule veranstaltet. An diesem Tag hatten alle Kinder schulfrei und auf dem Sportplatz zu erscheinen. Ein Alptraum. Es-chen wäre am liebsten krank geworden. Es wunderte sich, wie es die größeren Mädchen hinbekamen, einfach auf der Bank sitzen zu dürfen. Die kicherten und erzählten sich was und Es-chen stand da, kalt und verkrampft voll der Versagensangst. Das grässliche Wort „Leichtathletik" blieb ihm fremd und unheimlich. Allein der Gedanke an Rennen, an Weitsprung und Hochsprung, so toternst und um die Wette ausgetragen, machte ihm Angst.

Davon wurde es ganz schwer und träge.

Aber auch die Turnhalle hatte ihre Schrecken, dazu gehörte Bockspringen. Über den Kasten, dieses schreckliche Ungetüm, springen, war ein Angriff auf seine Unversehrtheit. Mannschaftssport allerdings, war die Grenze zu Totschlag. Da soll Es-chen sich unter Einsatz seines Lebens durch Leibermassen rammen und der Gefahr aussetzen, dass so ein Geschoss es am Kopf trifft. Soll in Blitzesschnelle zugreifen, durchstarten und mit einem Luftsprung aus dem runden Pfund eine Bombe machen, die zielgenau weit hinten im gegnerischen Feld einschlägt. Derweil stellen die andern ihm ein Bein, schubsen es, grabschen und geifern. Diesen Eifer konnte Es-chen nie teilen. Das war kein Spiel, das war Krieg.

Alleine zuhause spielen, das war das Schönste. Es-chen legte mit Steinen, Federn, Blüten, Blättern, Hölzern und allem, einfach allem, was es fand, wunderbare Gärten und Friedhöfe an, ganze Parklandschaften. Es steckte Zäunchen und stellte seine kleinen Tiere dahinter auf. Es pflanzte Wälder aus Zweiglein und bestellte Felder mit Grasstängeln. Es hängte das geerntete Heu an die kleinen Zäune und legte Vorräte an. Es hatte sogar einen kleinen Misthaufen. Der musste sein. Es legte Blumenbeete mit winzigen Blüten an, baute Brunnen, zog Wassergräben und pflasterte Wege.

Wenn die Großen es ärgern wollten, rannten sie seine Spielwelt einfach über den Haufen. Alles kaputt! Dann nannten sie es „Gerümpel und Müll" und sagten, Es-chen solle den Kram endlich aus dem Weg räumen. So lernt man mit Katastrophen zu leben.

Nein, stimmt nicht, alleine zu spielen war schön, aber mit anderen Kindern Arm in Arm in Reihe laufen und jeweils den rechten und den linken Fuß vor die Nachbarin zu schwingen und zu singen: „Rechts 'ne Pappel, links 'ne Pappel. In der Mitte Pferdeappel". Immer neue Strophen dazu zu dichten, das schafft Gemeinsinn. Oder zu grölen: „Drei Chinesen mit dem Kontrabass, saßen auf der Straße und erzählten sich was. Kam ein Polizist. Ja was ist denn das? Drei Chinesen mit dem Kontrabass." Und dann: „Dree Chenesen met dem Kentrebess, sessen eef der Stresse end erzehlten sech wes (...)." Alle Vokale durch, kennt doch jeder und es macht immer noch Spaß.

Es-chen hat einmal auf dem Schulweg im Schaufenster etwas entdeckt, das sein Herz hüpfen ließ. Ganz vorn in der Ecke, zwischen Porzellangeschirr und Gläsern, stand ein kleiner grauer Esel. Der hatte ein rundes Bäuchlein und einen Quastenschwanz, ein winziges rotes Kopfstück und auf dem Rücken eine Decke mit Bauchgurt. Jeden Mittag besuchte es das niedliche Tier in der bangen Erwartung, es könne vielleicht nicht mehr da sein. Als es einmal mit Mama in dem Geschäft war, zog Es-chen sie in die Ecke zum Schaufenster und zeigte ihr, was es so sehr begehrte. Es durfte den Esel sogar in den Händen halten und das Wunder erleben, dass man ihn mit einem Schlüssel aufziehen konnte. Dann wackelte er mit seinen langen Plüschohren und drehte sein

Schwänzchen wirbelwindschnell im Kreis. Mama hat gesagt: „Das ist doch nichts! Damit kann man doch nicht richtig spielen!" Und: „Man muss nicht alles haben wollen, was man sieht!" Das sagte sie immer, wenn Es-chen sich etwas wünschte. Die Verkäuferin hat den Esel wieder ins Schaufenster gestellt. Doch Es-chen konnte den Esel einfach nicht vergessen. Nie nicht, obwohl er beim nächsten Mal schon nicht mehr da war.

Schade!

Aber beim nächsten Weihnachtsfest — was denkt Ihr denn? – da stand der Esel auf seinem Gabentisch. Es-chen ist ihm treu geblieben, bis es selbst ein kleines Mädchen hatte, das den Esel genauso liebte, wie es selbst vor Jahr und Tag. Bis heute! Wollt ihr ihn sehen? Ich zeig ihn euch!

So ähnlich ist es ihm auch mit Jumbo gegangen. Jumbo wohnte in demselben Laden und war ein Reitelefant. Um den zu bekommen, hat es richtig gearbeitet, das heißt, Überzeugungsarbeit bei Mama geleistet. Es konnte ihr lange Zeit einfach nicht klar machen, dass so ein „Elefäntchen" die Glückseligkeit bedeutet und unbegrenzten Spielwert besitzt. Auf Jumbo konnte es sitzen und durch die Küche und den Flur flitzen. Er trug ein rotes Kopfgeschirr aus Leder mit richtigen Schnallen und eine Filzdecke mit Glöckchen dran. Wenn man an einem Ring auf seinem Rücken zog, trompetete er. Ehrlich gestanden, war das eher ein Blöken, aber es klang wunderbar.

Jumbo ist, wie alle Elefanten, sehr, sehr alt geworden.

Ach, eins noch: Sie picken noch heute, der kleine Blechhahn mit dem geschwungenen, bunten Filzschwanz und sein gelbbraunes Blechhühnchen, schon mehr als siebzig Jahre lang. Wenn man die stramm aufzieht, hüpfen sie pickend über den Tisch. Man muss aufpassen, dass sie nicht herunterfallen.

Was gibt es doch für wunderbare Spielsachen!

Weihnachten - Es-chen bekommt den ersehnten Elefanten und seine Schwester ein Aquarium

Feste feiern

Feste und Feiern sind etwas ganz Besonderes. Man zelebriert sie. Darum bereitet man sich auf sie vor und putzt sich dafür heraus. Sie verursachen Herzklopfen und die Erwartung, dass etwas die Welt Bewegendes passiert und dass die Welt danach ganz anders aussieht. Sie blenden den Alltag für eine Weile aus. Sie repräsentieren etwas ganz Wichtiges, Höheres, Reineres. Sie sind Bestätigung für die Hoffnung, dass es immer noch etwas Größeres gibt.

Obwohl — warum eigentlich? Was Sonn- und Feiertage bedeuten, außer dass über die Versorgung der Tiere und das Melken hinaus nur fürs Essenmachen gearbeitet wurde, das wusste Es-chen nicht. Es gab Sonntagsessen und Rodonkuchen, aber sonst war der Tag leer und langweilig.

Ostern, ja das war was! Da versteckte Mama Ostereier draußen zwischen Blumen, unter Steinen, auf Astgabeln, in Wurzeln und Nischen und sagte, die habe der Osterhase gelegt, obwohl sie die Hühnereier vorher mit den Kindern gemeinsam gefärbt hat. Die großen Geschwister rannten los und fanden die Eier sowieso immer schneller als Es-chen. Darum brauchte es das gar nicht erst zu versuchen. Frieren musste es auch, weil es Ostern immer schneite, fast immer.

Trotz Mamas Warnung musste es ja unbedingt weiße Kniestrümpfe anziehen, am liebsten sogar Söckchen. Es hatte sich doch so darauf gefreut! Die Leberwurststrümpfe mit den kneifenden Gummibändern am gehäkelten Leibchen waren eines so hohen Feiertages wie Ostern nicht würdig. „Selbst schuld!", sagten die Großen, als sie Es-chen mit blauen Lippen bibbern sahen.

Sonn- und Feiertage kündigten sich an mit Putzen und Backen und Baden am Abend vorher. Samstagmittags gab es Erbsensuppe mit Bockwurst. Am Sonntagmorgen war die Küche blitzsauber. Die Fliegen waren allesamt mit DDT tot gespritzt, die Fensterbänke ausgewischt, die Kuhkacke war von den Stuhlbeinen geschrubbt und der Fußboden gewischt. Der große Küchenherd war abgeräumt und die Holzecke vollgepackt. Die Holzecke war eine Nische unter der Treppe, in der das Brennholz gelagert wurde. Sie bildete die Wand, vor der der Kochherd stand. Die Holzecke war übrigens eins von Es-chens beliebtesten Verstecken, das ihr, wie andere Unterschlupfe auch, viel zu schnell zu klein wurde. Zum Mittagessen gab es frisch gekochte Rindfleischsuppe mit Eierstich oder Klößchen, Braten, Salzkartoffeln, Gemüse und Salat, und zum Nachtisch Vanillepudding mit Obst oder Schokoladenpudding mit Vanillesoße.

Dann wurde abgeräumt und abgewaschen und ruckzuck war niemand mehr da. Alles war still. Die Erwachsenen machten einen Mittagsschlaf oder sonst was und wollten nicht gestört werden, viel zu lange. Total langweilig!

Weihnachtszeit war spannend. Nikolaus klopfte an und kam mit schweren Schritten in einem riesigen Militärmantel in die Küche. Er hatte Mamas Nase und beinahe auch ihre Stimme. „Mama?", fragte Es-chen einmal zaghaft, als es in seiner Winzigkeit vor ihm stand. Der Nikolaus hat das gar nicht verstanden oder er fand das nicht so wichtig. Er hatte ja nicht viel Zeit, weil er noch so viele Kinder besuchen musste. Es-chen sprudelte das mit Mama eingeübte Gedicht nur so heraus. Der Nikolaus steckte seine Rute weg. Er wollte es nicht allzu sehr einschüchtern. Aber er ermahnte es doch, nur ja immer das zu tun, was Mama sagt. Und er schenkte ihm Kekse, einen bunten Schokoladen-Nikolaus und einen roten Apfel. Als Mama nach unendlich langer Zeit endlich von ihrem Besuch bei Oma zurückkam, hatte sie den aufregenden Besuch vom Nikolaus natürlich verpasst. Wie immer! Es-chen zeigte ihr die Süßigkeiten und erzählte, was es erlebt hatte. Da staunte Mama nicht schlecht.

Heiligmorgen, also den Morgen vom Heiligen Abend, erwartete Es-chen mit Herzklopfen. Da hatte es nämlich Geburtstag. Mama hat ihm ein Geburtstagstischchen in die Küche gestellt und ist wieder an ihre Arbeit gegangen. Den Rest machte Es-chen mit sich selber aus. Und abends, am Heiligen Abend unter dem Weihnachtsbaum hatte es den Geburtstag schon beinahe vergessen. Da bekamen die großen Geschwister oft das, was Es-chen am Morgen auf ihrem Geburtstagstisch vorgefunden hat. Vor Weihnachten hatte sowieso niemand Zeit. Mama bereitete das Fest vor. Sie räumte, werkelte, putzte und backte und verpackte Geschenke. Es war eine Geheimniskrämerei und eine Hektik, bei der Es-chen nur störte. Das Elternschlafzimmer wurde ausgeräumt und geputzt. Das war nun bis Ostern das sogenannte Weihnachtszimmer.

Heiligabend gab es Kartoffelsalat mit Eiern und Knackwürstchen, roten Kartoffelsalat und Kartoffelsalat mit Matjes drin, weil Papa den so gerne mochte. Die Schüsseln standen lange vor dem Abendessen auf dem großen Tisch in der Küche. Mama hatte mit Stallarbeiten, mit Melken und Räumen, mit Weihnachtsbaum schmücken und Geschenke verpacken zu tun. Alle anderen Erwachsenen rannten und wühlten irgendwo herum. Wahrscheinlich waren sie in wichtigen Angelegenheiten unterwegs. Heiligabend dauerte immer furchtbar lange, war einerseits langweilig, andererseits aber auch aufregend. Deshalb hieß er auch den ganzen Tag lang Abend, damit man nicht daran verzweifelte.

Irgendwann duftete es aus dem Weihnachtszimmer nach harzigen, frischen Tannenzweigen. Ein helles Glöckchen erklang hinter der Tür. Mama machte Wunderkerzen an. Es-chens Herz klopfte und die Spannung stieg ins Unermessliche. Dann stand es im Zimmer. Es erschrak vor dem Schein des überwältigend glitzernden Weihnachtsbaums. Ehrfurcht ist das richtige Wort.

Der Weihnachtsbaum reichte bis in den Himmel, wirklich, bis direkt zum Christkindchen hinauf. Das Christkindchen, sagte Mama, habe sie gerade erst verabschiedet und aus dem Fenster gelassen. Mama zelebrierte eine andächtige Feier mit Weihnachtsliedern und Gedichten. „Vom Himmel hoch da komm ich her". Das sang Es-chen, als sei es selber das Christkindchen. „Von drauß' vom Walde komm ich her", sagte es mit Andacht auf.

Bis alles vollbracht war, ließ Papa den Dackel Purzel unter Mamas strafenden Blicken Nüsse knacken. Sein Bruder schielte zu seinem Gabentisch, Oma saß mit gefalteten Händen besinnlich in ihrem Sessel. Sie war geduldig. Sie sah mit zum Himmel gerichtetem Blick den Heiland kommen. Die große Schwester stand über den Dingen. Mama zischte: „Könnt Ihr denn nicht wenigstens diesen kleinen Augenblick (...) dieses einzige Mal (...) verdammt noch mal (...) am Fest der Liebe (...)."

Unsinn

Unsichtbar sein heißt, eigene imaginäre und wirkliche Räume bewohnen, unbehelligt beobachten, wissen, was im Leben der Erwachsenen passiert. Das ist Antrieb für so manche Erkundung mit Risiko, für Verstecken und Lauschen. „Früh übt sich (...)".

Einmal ist Es-chen unter die riesigen Eichenbetten in Omas Schlafzimmer gekrochen. Außer ein, zwei Kartons und dem Pinkelpott gab es da nichts, und Oma lieferte keine Unterhaltung. Sie hielt sich nebenan in ihrem Wohnzimmer auf. Als Es-chen, nach gefühlt vielen schleichenden Stunden, endlich die dicken, schwarz bestrumpften Knöchel in den blanken, schwarzen Schnürschuhen ganz nah vorbei tappen sah, fasste es im Reflex nach dem Bein und griff kurz zu. Noch nie im Leben hatte es einen so markerschütternden Schrei gehört. Oma ließ sich aufs Bett fallen und gab keinen Laut mehr von sich. Es-chen kroch unterm Bett hervor.

Hatte es Oma tot gemacht? Sie guckte vorsichtig zu ihr hinauf. Oma sah aus, als habe der Leibhaftige sie niedergestreckt. Als es so ratlos neben der hingesunkenen Oma stand, kam Mama hereingestürmt. Sonderbar, dass angesichts dieses Angriffs auf Omas Leib und Leben nicht mehr passierte als eben dies: „ Du. Du! Das musst du doch nicht machen! Davon kann man einen Herzschlag kriegen!" Ein Herzschlag ist ein Schlag des Herzens. Das kannte Es-chen. Davon hatte es ganz viele. Es lief davon.

Steil, schmal und weiß gestrichen war die Treppe, die in Omas Schlafzimmer bis unter die Zimmerdecke führte. Hier endete sie vor einer Falltür. Auf dieser Treppe stand allerlei

Kram. Das waren Sachen, die ausrangiert und irgendwann auf den Dachboden gebracht werden sollten. Dazwischen hockte Es-chen manchmal, von Oma unbemerkt, sah sie herumwirtschaften, suchen und räumen, während sie vor sich hinmurmelte. Meist nörgelte oder betete sie.

Einmal, als Oma nicht im Zimmer war, hat Es-chen den Riegel der Falltür mit aller Kraft zurückgeschoben und die Tür aufgedrückt. Sie ist durch einen Spalt auf den Dachboden geklettert und hat einen Heidenschrecken bekommen, als die Tür hinter ihm zukrachte. Dreck und staubschwarze Spinnwebschleier stoben herum. Hier oben war es zum Schaudern schummrig. Nach einer Weile erkannte es im Dämmerlicht Stapel von Kartons und Kisten. Sie machte eine davon mit einem vorsichtigen Schubs auf.

Als nichts passierte, tauchte es vorsichtig hinein und zog erstaunliche Dinge heraus. Stiefeletten in Schwarz, mit Knöpfchenverschluß und putzigen Absätzen, Mieder mit Schnürchenbindung und Hüte, die aussahen wie Badekappen. Manche hatten riesige Krempen mit Schleifen obendrauf. Da war einer mit Gummiband, der sah aus, als hätte ihn jemand platt gesessen. Es setzte sie alle auf, stelzte mit den feinen Schuhen über den Boden und vergaß die Welt. Plötzlich erschrak es. — Leise! Kam da jemand? Wer weiß! — Nein, nichts! — Oh! Da war ein Haufen, eine Wolke von Stoff, es zog ihn aus dem Kasten heraus. Ein Rock, ein Traum von einem Rock.

Es-chen kam aus dem Staunen nicht heraus. Als es aber die kleinen, bunten Holzhäuschen entdeckte, da ging die Phantasie mit ihm durch. Zeit und Raum waren vergessen. Erst das scharfe Rufen: „Komm sooofort da raus!" ließ es die wunderbaren Dinge holterdipolter zurückstopfen in die Kisten, die nun gar nicht mehr zugehen wollten. Es wich zurück in den hintersten, dunkelsten Winkel des Bodenraums. Jemand hatte den Dreck auf Omas Zimmertreppe entdeckt und sofort die richtigen Schlüsse gezogen.

Ein heller Streifen an der Treppe wurde sichtbar und ein Kopf. Auch die energische Frage: „Ist da jemand?" ließ es unbeantwortet. Mit einem Schlag wurde es wieder dunkel, ein Riegel wurde vorgeschoben. Es-chen war ausgesperrt. Angsterstarrt verharrte es, bis es das Poltern unten nicht mehr hörte. Es tastete zur Bodenklappe. Tatsächlich, zu!

Nicht Entdeckergeist, Mut und Tatendrang trieben es, nein, Panik zog es zurück in die dunkle Tiefe des Bodenraums und wies ihm den Weg zu einem Spalt, einem kleinen Durchschlupf in der Holzwand zum Heuboden. Mit Herzklopfen quetschte es sich hindurch. Es kletterte über das dicht gepackte Heu unterm Dach, rutschte daran herunter bis auf den Bretterboden und stieg die Leiter herunter. Wie ein grauer, eingesponnener Gnom sah es aus mit Staub und Spinnweben in den Haaren und schwarzer Schmiere im Gesicht. Reuevoll, leise, tauchte es unbemerkt wieder in seine Nebenrolle im Alltagsgeschehen ein. Sein verbotener Ausflug war nicht unbemerkt geblieben, wohl aber sein Fluchtweg. Über diesen erschloss sich ihm eine geräumige Zuflucht mit traumhaften Spielmöglichkeiten und Verstecken für gemopste Leckereien, für geheime Dokumente und andere Schätze. Hier spielte es ungestört mit den Modell-Holzhäuschen, verkleidete sich und nahm nur so „als ob" Papas alte Kinder-Dampf-maschine in Betrieb. Hierher kam es, wenn es Zeit war zum Unsichtbarmachen.

Erst sehr viel später, als das Heu verbraucht war und den Durchschlupf freigegeben hatte, ist Es-chen mit Schrecken aufgefallen, dass sein Geheimnis vielleicht schon entdeckt worden war. Da hat es seinen Reiz verloren. Alles war erforscht und erfühlt in der Gluthitze unter den Dachpfannen oder der eisigen Kälte, in der einem die Finger erstarrten. Für den Plunder auf dem Boden interessierte sich niemand mehr, außer ...

Aber das ist nun wieder eine neue Geschichte.

Mein Kätzchen, mein Schätzchen

Das schwarz-weiß-rote Kätzchen hat in einem Karton in der Mulde von Wollstoffen seine Jungen bekommen. Es-chen kannte die Katzenkinder vom ersten Tag an und liebte sie. Sie brachte der Katzenmutter heimlich Milch, streichelte und begleitete die ersten tapsigen Versuche der Kätzchen, in die Welt zu wandern. Das hätte es besser bleiben lassen sollen. Kaum kamen sie durchs Heuloch heruntergepurzelt, fasste der schwarzgelbe Schäferhund Harras zu und schüttelte sie kurz und heftig zu Tode. Die, die überlebten, haute jemand gegen die Wand und schmiss sie auf den Mist.

Es-chen kletterte auf den Misthaufen und hielt die zerbrochenen Wesen weinend im Arm, bis es heruntergescheucht wurde und eine Karre voll Kuhmist die kleinen Kadaver bedeckte. Irgendwann hat es sogar seine geliebte bunte Katze auf dem Misthaufen entdeckt. Tot! Es ist zu ihr hingekrochen und als es sie gestreichelt hat, hat sie geatmet und sich bewegt. Voll Grauen hat Es-chen gekreischt und gekreischt, bis Mama gekommen ist.

> Mein Kätzchen, mein Schätzchen hat dreierlei Haar,
> ein schwarzes, ein weißes und rotes sogar.
> Es putzt sich und putzt sich, denn das ist doch klar,
> dass mein Kätzchen sehr stolz ist auf dreierlei Haar.

Mit diesem Gedicht hatte sich Es-chen damals bei dem Bauern bedankt, der ihm das Kätzchen geschenkt hat. Es-chen hatte es, wie ihm die Erwachsenen geraten hatten, in seinen geliebten kleinen Jägerrucksack, den graugrünen mit den Lederschnallen, gesteckt und nach Hause getragen. Da hat das Kätzchen Angst gekriegt und sich gewehrt. Es hat so

doll gekratzt, dass Es-chens Rücken zerkratzt war. Der Ruck-
sack war zerbissen und Es-chen hat geweint Aber lieb hatte es
das Kätzchen trotzdem.

So schön wie in dem Gedicht: „Ja, das Kätzchen hat
gestohlen" von Friedrich Hebbel, so schön gingen die Tier-
geschichten auf dem Hof nie aus. Vielleicht hat Es-chen
dieses Gedicht darum so gemocht.

Ein Zicklein! Ein Zicklein, eins das Es-chen auf Schritt
und Tritt begleitet, das es versteht, durch dick und dünn mit
ihm geht, das gerne bei ihm bleibt und das zu ihm kommt.
Das wäre für Es-chen das Allergrößte in der Welt! So eine
Ziege wie die in einer Geschichte, die es gehört oder gelesen
hatte. Die hieß Dete, weil das kleine Mädchen „Grete" noch
nicht aussprechen konnte. So eine Ziege wünschte Es-chen
sich von ganzem Herzen.

Dete kam auf den Hof, wer weiß woher. Es-chen vergöt-
terte Dete. Die beiden hatten eine kleine Freundschaft. Aber
oft hat Dete Es-chens Vertrauen missbraucht. Sie hat geklaut,
ist überall drauf geklettert und hat die Erwachsenen geärgert.
Sie ist den Garten gesprungen und hat den Salat kaputt-
gemacht. Sie hat die Leute mit ihrem frechen Keckern
ausgelacht und nichts als Unsinn gemacht. Ständig hat sie
gemeckert und überall ihre schwarzen Böhnchen hingestreut.
Es-chen bekam andauernd Schimpfe, weil Dete so ungezogen
war.

Irgendwann, als Es-chen aus der Schule kam, war Dete
verschwunden. Es hat überall gesucht, hat alle Leute auf dem
Hof gefragt, hat gerufen und gerufen. Aber sie ist nicht
gekommen. Alles Weinen, Betteln und Nachfragen hat nichts
genützt. Sie haben nur gesagt, es solle sich nicht so albern

anstellen wegen dem blöden Vieh! Sie glaubten, Es-chen würde Dete schon vergessen. Aber es vergaß Dete nicht, wochenlang nicht.

Da ist es Mama zu viel geworden. Sie hat erzählt, dass Papa Dete verkauft hat. Da hat Es-chen getobt und geschrien. Es fand Papa gemein und schlecht! Es hat gewütet und getrampelt und wollte selbst wegrennen. Da hat Papa ihm fünf Mark gegeben und gesagt, es solle endlich Ruhe geben, das sei das, was er für das verdammte Biest gekriegt habe. Mehr sei das blöde Vieh nicht wert gewesen. Dabei hat er dreißig Mark dafür bekommen! Das weiß Es-chen ganz genau. Mama hat das gesagt und dann stimmt das.

Bambi, geliebtes Bambi, das war ein junges Rehkitz. Sie haben es in die Küche getragen. Es hatte sich ganz tief ins Getreide geduckt, als gemäht wurde, hat es die Gefahr zu spät erkannt und ist zu spät aufgesprungen. Da hat der Balkenmäher es erfasst und ihm ein Beinchen gebrochen. Mama hat das Bein geschient und einen weißen Verband drum gemacht. Bambi blieb keine andere Wahl, als sich ganz schnell den Menschen zuzuwenden, die es gerettet haben. Es wurde von einem Tag auf den andern zutraulich.

Weglaufen konnte es ja nicht, bis es gelernt hat, auf seinem Gipsbein zu laufen. Aber bis dahin kannte es sich schon damit aus, wie es Harras in Schach halten konnte. Bambi war eine einzige Glückseligkeit für Es-chen. Ein wahres Wunder! Es futterte Oma die Kartoffel- und die Apfelschalen beim Schälen vom Messer weg. Es wartete, bis sich eine Schale vor seiner Nase kringelte, nahm das Ende und knabberte genau so schnell wie Oma schälte. Oma konnte schälen, ohne das Messer ein einziges Mal abzusetzen.

Es-chen aß mit Bambi zusammen die langen Schalen-schlangen.

Bambi stampfte mit dem Hüfchen auf, wenn es Harras beeindrucken oder den Kater auf Abstand halten wollte, und auch, wenn es nicht bekam, was es haben wollte. Wenn das Aufstampfen nicht half, ging es zwei, drei Schritte rückwärts, senkte sein Köpfchen und stieß es auf den Störenfried. Der war klug genug, der Drohung zu weichen. Bambi hatte eine harte Stirn. Und Bambi war schlau. Es wusste, wie es sich Aufmerksamkeit verschaffen konnte. Es stellte sich vor die Zimmerwand, fasste direkt über der Fußleiste mit seinen scharfen Zähnchen die Tapete an, hob sein Köpfchen und die Tapete an und ging langsam, ganz langsam rückwärts. Die Tapete machte ratsch, ganz langsam raaatsch, aber da war es schon zu spät. Die Großen schrien Bambi an und rannten hinter ihm her. Bambis Augen blitzten. Es schlug Haken und freute sich über die wilde Jagd. So ein Spaß!

Aber als sie es in einen dunklen Stall sperrten, wollte es nicht mehr leben. Irgendwer hat es wieder herausgelassen, kurz bevor sein Lebenslicht ausging. Da hat Bambi das Vertrauen in die Menschen verloren. Es ist zurück in die Wälder gelaufen. Jemand erzählte, er habe sein weißes Gips-beinchen noch zwischen den Bäumen gesehen, bevor es ver-schwunden war.

Papa war nach seinen eigenen Worten der größte Geflü-gelzüchter „unter Gottes Sonne". Er besaß einen Elitehahn, einen „Rebhuhnfarbigen Italiener", mit dem er auf einer Geflügelausstellung Lorbeeren erringen wollte. Nur hatte dieser Hahn nichts anderes im Sinn, als Es-chen umzubrin-gen. Er sprang ihm auf den Kopf und pickte und pickte, bis

Es-chen umfiel. Da hat Mama dem kostbaren, kurz vor der Berühmtheit stehenden Zuchtgockel den Kopf abgehackt. Es-chen weiß nicht, welche Verwünschungen sie deswegen über sich ergehen ließ.

Papa ging gleichwohl zu jeder öffentlichen Geflügelschau. Es-chen durfte manchmal mit ihm gehen. Es kannte alle Rassen, es konnte sie allesamt rasserein identifizieren, die Rodeländer, die weißen Leghorn, die Brabanter, die Kämpfer und Seidenhühnchen. Es liebte die Zwerghühner, die schillernden schwarzen, mit den Federpuschen an den Füßen und ganz besonders die Perlhühnchen. Was Papa bewogen hat, ihm statt des ersehnten Perlhühnchens eine „gestreifte Zwergweihendotte" zu schenken, bleibt sein Geheimnis, auch, was das überhaupt für eine Rasse ist und ob sie in Wirklichkeit so heißt. Später erkundigte es sich, aber ob die Wyandotten nach einem Indianerstamm oder einer Stadt in Wyoming benannt wurden, ist nicht so wichtig.

Zuhause ließ Papa jedenfalls zuerst einen kecken, kunterbunten Hahn aus dem Karton, nannte ihn Bolko und schenkte ihn seinem uninteressierten Sohn. Der überließ Bolko dem allgemeinen Geflügelwesen. Für Es-chen nahm er das kugelrunde Federknäuel mit dem Perlenkämmchen aus dem Karton. Das wurde prompt sein vertrautestes Geschöpflein. Es-chen nannte das Zwerghuhn Coco. Coco war ein Schatz. „Sie" müsste es heißen, Coco war nämlich ein Hühnchen. Das lief Es-chen mittags entgegen und holte es pünktlich an der Wiese von der Schule ab. Dafür bekam es ein Händchen voll Haferflocken. Es folgte, ohne gerufen zu werden. Es saß auf seiner Schulter, wenn es die Kühe holte. Es saß vor ihm auf dem Küchentisch, wenn Es-chen seine Schularbeiten machte. Es schlief auf dem Kleiderschrank und kackte an der Schrankwand herunter. Es ließ sich unter den Arm klemmen und unter die Bettdecke stecken, wenn mal schnell Unsichtbarmachen angesagt war. Es war immer dabei.

Coco rannte mit Riesenschritten hinter Es-chen her. Um mitzukommen, nahm es sogar die kurzen Flügelchen zu Hilfe. Wenn Coco mal anderweitig zu tun hatte und Es-chen mit Engelszungen alle möglichen Kosenamen erfand, um es zu locken, sozusagen herbei zu zaubern, dann äffte Oma Böckchen es nach und schimpfte, wie albern und affig es doch sei, ein Huhn so zu verhätscheln. Hühner gehören in einen Stall. Sie haben Eier zu legen, sonst nichts. Dieses alberne Vieh ist ein nutzloser Scheißer. Liegt in dieser Einschätzung das Geheimnis des plötzlichen Verschwindens von Coco? Niemand weiß nichts, niemand hat nichts gesehen.

Coco ist bestimmt nicht weggelaufen wie Bambi. Sie blieb für immer verschwunden. Fragen half nichts.

Es-chen mit seiner
Ziege Dete

Geliebte Menschen

Alles, was Es-chen guttat, was es liebte und brauchte, um glücklich zu sein, war irgendwann plötzlich weg, es verschwand einfach, Hetti und Omas Kostgänger auch. Als Hetti ging, war Es-chen noch ganz klein. Manchmal wurde ihm etwas weggenommen oder es verlor etwas, das ihm ganz, ganz wichtig war. Wenn es dann weinte, weil es das, was es verloren hatte, so sehr liebte und vermisste oder von dem es glaubte, dass es seins sei, dann sagten die Großen einfach: „Mach die Augen zu!" Das tat es dann im Vertrauen auf ein Wunder. Und dann fragte derjenige: „Was siehst du?" und Es-chen sagte wahrheitsgemäß: „Nichts!" – Und Josef zum Beispiel, der antwortete dann: „Siehste! Eben! Was du jetzt siehst, das ist deins!" Es-chen besaß sein Zutrauen und das Dunkel vor seinen Augen, sonst nichts. Das tat weh. Wie sollte es auch wissen, dass Josef das ernst meinte. Vielleicht nahm er Es-chen sogar sehr ernst. Er wusste wohl, wovon er sprach. Ging es ihm nicht genauso, als Knecht auf dem Hof?

Hetti, die lachende, warme, liebevolle Hetti ist kaum mehr als ein Gefühl, ein Hauch in der Erinnerung des kleinen Kindes, das Geborgenheit brauchte wie warme Milch. Ihre zarten, weichen Arme umfingen Es-chen. In Hettis Schoß war es geborgen. Da kuschelte es sich ein. Hetti war von einem auf den andern Tag verloren. Plötzlich weg, ein unerklärlicher Verlust. Es-chen brauchte Hetti. Niemand konnte es trösten. Es versuchte, bei anderen Frauen auf dem Hof Schutz zu finden. Es gab keinen Ersatz. Maria ging einfach vorbei. Und die immer lachende, laute Gerda mit den harten, festen Armen tat ihm weh.

Und sie roch so übel nach Schweiß. Kein Trost!

Oma Böckchen hatte die große Schwester in ihr Herz geschlossen. Sie wollte Mama sogar überreden, sie ihr „an Kindes statt" zu überlassen. „Du hast doch genug Arbeit und du hast ja noch die Kleine", hat sie gesagt. Sie nahm sie oft mit sich nach Hause. Es-chen wäre auch gerne einmal mitgegangen. Als es tatsächlich einmal durch die Wälder mit zu Oma nach Hause wandern durfte, da hat es am nächsten Tag Angst bekommen so allein in der Fremde und wollte „nur mal eben sehen, was Mama macht". Da hat Oma es wieder abgegeben. So ein lästiges Blag konnte sie nicht gebrauchen.

Eins ist aber auch ganz, ganz schrecklich gewesen, aber doch glücklich ausgegangen. Am Abend hat Oma Kartoffeln gebraten mit quabbeligem Speck. Speck, der im Mund immer mehr und mehr wird und vor dem Schlucken so kitzelt, dass man würgen muss. Das durfte Es-chen aber nicht. Es wird gegessen, was auf den Tisch kommt! Essen ist kostbar. Der Haufen der aussortierten weißen Klümpchen auf dem Tellerrand ist groß und immer größer geworden. Oma hat mit dem Finger darauf gezeigt und gesagt: „Das wird gegessen!" Entsetzlich! Schicksal, nimm deinen Lauf. Da, auf einmal, im Augenblick höchster Not, Oma wendete sich gerade ab, kam hinter der Zeitung gegenüber vom Tisch, eine große Hand hervor, griff den ganzen widerlichen Haufen und verschwand wieder. Ein Wunder war geschehen. Omas Kostgänger, ein unbekannter Mann blieb mit seinem guten Herzen fortan ein Held, Sinnbild für Güte, für Hoffnung in Ausweglosigkeit.

Genuss

Etwas Süßes war etwas ganz Besonderes in Kindertagen. Das gab es nur zu besonderen Anlässen oder wenn Tante Erna es mitbrachte. Von ihr bekam Es-chen die erste Apfelsine seines Lebens geschenkt. Vielleicht auch die erste Banane? Es-chen kann sich nicht mehr genau erinnern. Sicher war es so. Manchmal hatte Papa Süßigkeiten. Etwas davon abzubekommen, war eine seltene Vergünstigung. Es war dicker harter Blockmalz. Papa lachte: „Davon kriegst du Maulsperre!" Was auch immer Maulsperre sein mochte, es tat gut.

Papa hatte auch Eukalyptusbonbons. Die sollten gesund sein, die mit dem Bändchen, das aus dem grünen Einwickelpapier herausschaute. Sie waren furchtbar scharf. Manchmal machte Mama Es-chen eine Freude. Sie bestrich ein Schwarzbrot mit Butter und streute Zucker darauf. Oder sie gab ihm eine Rhabarberstange direkt aus dem Garten in die Hand. Es durfte die Stange in eine Tasse mit Zucker stippen und abbeißen. Der Zucker war immer alle, bevor die Stange aufgegessen war.

Von seinen Geschwistern hat Es-chen gelernt, Rosinen zu klauen und Haferflocken und Zucker mit Kakao zu mischen und draußen mit Spucke am Zeigefinger oder einem kleinen Löffel zu naschen. Nur Kakao und Zucker, das staubte so sehr, dass es in der Nase biss. Seiner Schwester hat es auch zugeguckt beim Karamellen machen. Damit es die Aktion nicht verrät, hat es einen braunen Splitter Karamelle vom Backblech abbekommen. Lecker, scharf und süß zugleich.

Sein Bruder konnte sich manchmal selber Süßigkeiten kaufen. Der bekam von Papa das Geld dafür, sagte er jedenfalls. Er hatte aber auch andere Techniken, an Süßes zu kommen. Wenn er Lust darauf hatte, sagte er: „Jetzt geh ich zu Oma, Klümpchen holen!" Er rupfte irgendwo ein paar bunte Stängel heraus, rannte in Omas Zimmer und verkündete: „Ich möchte dir was schenken! Wie geht es dir?" Oma war gerührt und entzückt über den unerwarteten Besuch. Sie strahlte: „So fiene Blaumen!" Und: „Du bist aber ein guter Junge! Dafür bekommst du auch was!" Damit war er erfolgreich, eigentlich jedes Mal. Er lachte darüber, dass Oma immer wieder darauf hereinfiel.

Bei Es-chen funktionierte das nicht. Es brachte Oma jeden Tag ihr Butterbrot, brachte Kuchen und Blumen, saß zu ihren Füßen und leistete ihr Gesellschaft. Es wurde dort abgegeben, damit Oma auf es aufpasse. Dann spielte es artig und still in Omas Zimmer. Damit verdiente man sich kein Klümpchen. Selbstverständlich nicht.

Wenn Besucher Süßigkeiten mitbrachten, „nun verteilt das aber auch schön!", dann bekam Es-chen nur seinen Anteil, wenn ein Erwachsener ein Augenmerk darauf hatte. Einmal sollte sein Bruder ihm ein Stück Schokolade abgeben. Dazu hatte er keine Lust. Weil die „alte Petze" aber sonst wieder zu Mama gerannt wäre, hat er sich besonnen. Er hat ihm die Schokolade hingehalten und sie in dem Augenblick, als es danach greifen wollte, fallen lassen und ist schnell draufgetreten. „Jetzt kannst du nicht sagen, du hättest nichts gekriegt. Selbst schuld! Zu blöd, wenn man's in den Dreck fallen lässt!"

Geschwisterneid

Nein, die Kinderwelt war keine heile Welt. Die Geschwister schlossen die Kurze, das Titilein, den Krüppel, die Doofe aus ihren Spielen aus. Sie mussten ihre Privilegien sichern. Das blöde Blag steckte aber auch überall seine Nase rein und es war zu fix. Doch genauso spielten die beiden sich auch gegenseitig aus. Täglich lagen sie im Streit. „Ich nehme den einen und schlage den andern damit tot!", tobte Papa wuterstickt, wenn es ihm zu viel wurde. Dann war es für Es-chen Zeit zum Unsichtbarmachen. Wenn Mama aber rief: „Wer ist der Liebste?", fiel es prompt darauf herein: „Ihich!" und es kam angerannt. Dafür verachteten die Geschwister das „Titilein" umso mehr.

Titilein nannten sie es, weil Es-chen bei Müdigkeit und Kummer seine Mittel- und Ringfingerchen in den Mund steckte und nuckelte. Es legte seinen Zopf unter die Nase auf die Nuckelhand und strich mit dem kleinen Finger darüber. Das war tröstlich.

Neid und Missgunst führten zwischen den Geschwistern ständig zu Streit und Tätlichkeiten. Eifersucht prägte den Alltag. „Das ist unsere Große!" Sein Bruder war "unser Stammhalter und Erbhofbauer!" Das sagten die Eltern stolz in der Öffentlichkeit. Sie rächten sich aber auch für alle Rücksichtnahmen auf „unsere Jüngste!" Sie quälten Es-chen bei jeder sich bietenden Gelegenheit. Wenn Es-chen hinter ihnen herwollte, knallten sie ganz schnell die Tür zu. Schlug es seinen Kopf an oder waren seine Fingerchen eingeklemmt, lachten sie, "zu blöd!", und wenn es brüllte wie am Spieß, drohten sie ihm Schläge an. Selbst schuld! Sein Bruder warf ihm eine Stange vor die Füße. Es fiel darüber und schrie und er stand über ihm und lachte und lachte: „Das ist doch nur der Schmerz!" Das sagte er gerne, wann immer er ihm mit Absicht weh tat. Einmal hat er ihm mit einem gezielten Hieb seine Nase gebrochen, als es auf dem Feld nicht das gemacht hat, was er von ihm verlangte. Es ist den weiten Weg nach Hause gerannt voller Angst, er könne es einholen. Alles war voll Blut, mit Rotz und Tränen verschmiert. Der Kopf wollte ihm platzen. Mama hat es gewaschen. Es durfte mit einem kalten Waschlappen auf dem Gesicht auf der Bank hinter dem Küchentisch liegen. Sie hat ihm aber nicht geglaubt, was passiert ist. Tagelang tat sein Kopf weh. Nachher haben alle über den blauroten „Kolben" in seinem Gesicht gelacht.

Die Geschwister übernahmen Es-chen gegenüber Erziehungsaufgaben, die den Eltern lästig waren. Es-chen in seiner Kleinheit saß winzig hinter dem Küchentisch. Sein Gesicht hielt es ziemlich nah über dem Schulheft, weil es die Buchstaben schlecht erkennen konnte. Es hatte schlechte Augen, aber das glaubten die Eltern erst, als die Lehrer in der Schule sie darauf ansprachen. Die Geschwister hauten ihm im Vorbeigehen auf den Hinterkopf, so dass seine Nase auf das Schulheft aufschlug. Wenn das Heft von Rotz und Tränen verschmiert war, gab es in der Schule einen Tadel, wieder und wieder. Schludrigkeit kann nicht geduldet werden.

Einmal hat Es-chen eine leere Zigarettenschachtel gefunden. Die war ganz fein. Beinahe wie neu. Sie duftete nach frischem Tabak, hatte außen eine blitzende Cellophanhülle und innen drin ein pikobello Alufutteral. Rotweiß war die Schachtel. Da hinein hat Es-chen das Eiergeld gesteckt. Das schepperte so lustig, wenn man sie schüttelte. Doch auf einmal war es still in der Schachtel. Die Münzen waren herausgefallen. Oh weh! Wie sollte Es-chen das Geld im dichten Kraut am Wegesrand wiederfinden? Es suchte und suchte und fand es nicht. Zuhause schimpfte Mama, der es das Geld auszuhändigen hatte. Das bekam sein Bruder mit. "Gib's doch zu! Du hast es geklaut und verschnuckert!" Und: „Das gibt's doch gar nicht. Das hast du dir nur ausgedacht. Wer steckt denn schon Geld in eine alte Zigarettenschachtel!" Der hatte gut reden. Ihm verlangte niemand das Geld ab, das er beim Eierholen zurückbekam.

Er hat nicht geglaubt, dass das Geld verloren war, nie. Immer, wenn jemand etwas suchte, hat er auf Es-chen gezeigt: „Frag doch die Diebin!" Herum getanzt ist er: „Wer einmal lügt, dem glaubt man nicht und wenn er doch die Wahrheit spricht!"

Ehrlich, wenn Es-chen das Geld wiedergefunden hätte, was glaubt ihr, hätte es das dann für sich behalten? Geglaubt hätte ihm doch eh niemand, wenn es das gefunden hätte. Es hat jedenfalls immer wieder gesucht und gesucht. Jetzt war doch sowieso alles egal. Irgendwann hat Es-chen geglaubt, dass ihm nie wieder irgendwer irgendetwas glaubt. Wenn etwas vermisst wurde, hat es einen roten Kopf bekommen und sich ganz schlecht gefühlt, obwohl es gar nichts damit zu tun hatte. Hat Es-chen vielleicht darum eine ganz schlechte Eigenschaft entwickelt, die es dann auch bitter bereut hat?

Ganz schlecht!

Es-chen hat morgens Marianne zuhause zum gemeinsamen Schulweg abgeholt und im Bäckerladen unten im Haus gewartet, bis diese Morgen für Morgen ihren Lebertran, einen Löffel Honig und ein Küsschen bekommen und ihr Vater gesagt hatte: „Sei lieb und pass gut auf!" Jeden Morgen!

Derweil stand es allein im Laden vor dem Glastresen und wartete und wartete. Links in dem Winkel zur Brotablage war ein schmaler Spalt. Durch den passte knapp, aber schmerzfrei, seine kleine Hand, sogar, wenn sie fest eine Marzipan-Kokos-Makrone umfasst hielt und sie vorsichtig zurückzog. So wanderte an manchen Tagen die heiß begehrte Süßigkeit in seiner Manteltasche mit zur Schule. Meistens schaffte das Makrönchen es allerdings nicht bis dorthin. Immer wieder verschwand die Hand in die Tasche, zog ein Bröckchen heraus und stopfte es heimlich in den Mund, bis zum letzten staubigen Krümelchen. Aber leider war oft jemand im Laden, dann war es zu gefährlich, ein Makrönchen herauszuangeln.

Bei dem Gedanken daran wurde es Es-chen ganz heiß, ja beinahe übel. Bestimmt sah ihm jeder seine Begierde und seine früheren Diebstähle an. Da gab es nur eins: Flucht nach vorne. Es kaufte mit fester Stimme Klümpchen. Diese und jene und ein paar Lakritze dazu. Nicht zu viele, aber eben ein paar. Weil es kein Geld hatte, sagte es genau wie Papa, im gleichen energischen Ton, aber leichthin: „Bitte anschreiben! Wie immer!" Lange kam es nicht heraus, weil niemand die monatlichen Rechnungen kontrollierte. Als es dann doch auffiel, war es ein entsetzlich hoher Betrag. Mehr als Fünfmarkvierzig. Das gab ein Donnerwetter!

Klauen ist ganz furchtbar. Es-chen weiß, wovon es redet. Das ist so wie ganz langsam und qualvoll sterben. Es gibt kein Entrinnen, du musst es tun. Du hast keine Wahl. Du bist ihm ausgeliefert und tust es, obwohl du weißt, dass es ans Licht kommt. Der Liebe Gott sieht es sowieso! Hat Mama gesagt und wenn die das sagt, dann stimmt das. Erwischt zu werden ist die größte Schmach. Man verliert Würde, Ehre und Heimat. Man wird verstoßen und verbannt. Diese Vorstellung allein schon verursacht grauenhafte Pein. Aber der Satan, wer oder was auch immer das sein mochte, jedenfalls irgendetwas ganz Schlimmes tief drinnen im Es-chen, tat seine Wirkung. Papa kannte den, der sagte oft, wenn es ganz dicke kam, Es-chen sei ein Satan.

Dieser Satan muss es auch gewesen sein, der Es-chen die Gier ins Herz gesenkt hat, endlich eine Sonnenbrille besitzen zu müssen. Nicht irgendeine Sonnenbrille, sondern eine ganz besondere, eine bunte Schmetterlingsbrille mit Strasssteinchen, eine mondäne, funkelnde Kostbarkeit. Diese einzigartige, begehrenswerte Sonnenbrille hat Es-chen in einem Laden entdeckt. Wieder und wieder war sie auf dem Heimweg von der Schule hineingegangen, hatte sie in den Händen gehalten und bewundert. Die Schmerzlust, diese Brille zu besitzen, verdeckte alle Scheu und Skrupel. Es musste sein! – Irgendwann lief es tatsächlich, die Sonnenbrille fest umkrallt in der kleinen Faust, nach Hause. Aufregung und Angst waren so groß, dass Es-chen gar nicht hätte sagen können, wie es überhaupt passiert war. Wie war die Brille eigentlich in seine Tasche geraten? Und wieso ist kein großer Schatten auf dem Weg bis hierher hinter ihm hergekommen, hat es mit eiserner

Klaue an der Schulter gefasst und mit Gewitterbrausen in den Höllenschlund gezogen? Im Wald vor dem Wiesental hat Es-chen sich total erschöpft auf einen Baumstumpf gesetzt, die Brille aus der Tasche geholt und das Preisschild abgepuhlt. Sie war entsetzlich teuer, dreißig Mark oder so. Es hat sie ganz lange angeschaut. Wunderschön war sie. Und dann hat es sie aufgesetzt. Es konnte sich selbst zwar nicht damit sehen. Aber bestimmt sah es jetzt ganz toll aus.

Jedoch kroch nun langsam, ganz langsam ein peinlicher Verdacht in ihm hoch: Niemals würde es je irgendjemand mit dieser zauberhaften Sonnenbrille bewundern können. Niemals würde sich sein Traum erfüllen, dass jemand sagte: „Was hast du nur für eine wunderschöne Sonnenbrille. Die steht dir aber gut!" Nie würde es sich damit zeigen können, niemandem. Aber was genauso schlimm war, es konnte mit der Brille gar nicht gucken. Es erkannte nichts! Es musste vorher ja seine eigene Brille absetzen. Außerdem war durch die Brille jetzt alles ziemlich dunkel. Daran hatte es überhaupt nicht gedacht, als es unter dem Einsatz von Ehre und Freiheit das Objekt der Begierde an sich gebracht hatte.

Scham, Enttäuschung und Ratlosigkeit suchten es heim. Und über allem schwebte die Gefahr, dass der Diebstahl ruchbar wurde. Was, wenn jemand Es-chen beobachtet hatte und die Erwachsenen zuhause längst Bescheid wussten? Es gab keine Rettung. Es gab kein Zurück. Es-chen grub mit seinen Händen unter dem Wurzelstock ein Loch, nahm schweren Herzens das prachtvolle Teil und versenkte es. Es begrub seinen Traum. Das war bitter.

Als es die Baumstümpfe bis zum Waldrand zählte, ließ die Spannung langsam nach. Oft und oft, wenn es danach durch den Wald lief, war es versucht, die Brille auszugraben. Aber was, wenn es dabei beobachtet würde? Von diesem Tag an hatte der Wald, sein geliebter Fichtenwald mit den flimmernden heimeligen Schatten, tausend Augen. Immer fühlte es sich beobachtet und verfolgt. Es fühlte sich ertappt, obwohl es doch schnurstracks an dem verteufelten Baumstumpf vorbeiging. Was, wenn jemand die Brille längst ausgegraben hat? Eines Tages hielt Es-chen es nicht mehr aus. Der Sog war zu stark. Es musste den Bann brechen, koste es, was es wolle. Wenn es nun ertappt würde, dann sollte das wohl so sein. Sein Schicksal war besiegelt. Es hatte es nicht besser verdient.

Es hockte sich vor den Baumstumpf, Tornister auf dem Rücken und puhlte, kratzte und grub, wühlte und fühlte unter dem Baumstumpf zwischen den Wurzeln in dem kleinen Grab. Nichts! – Leer! Absolut nichts! – Da kroch wieder die Angst in ihm hoch. Es rannte bis zum Waldrand und zählte die Baumstümpfe. Kein Zweifel, unter diesem einen hatte es das Diebesgut versteckt. Nun würde seine Freveltat aufgedeckt. Es konnte gar nicht anders sein. Jemand hatte alles gesehen und wartete nur auf eine passende Gelegenheit, Es-chen zu drohen und es zu erpressen oder es zu verraten und zu vernichten.

Zwischen Sündenpfuhl und Höllenschlund zu darben, ist viel schlimmer als ein schneller Tod. Nie wieder, nie wieder in seinem ganzen Leben würde es klauen, wenn es dies überlebte! Das schwor sich Es-chen. Eine solche Qual könnte es nicht noch einmal ertragen.

Gerüche, die Es-chen begleiten:

* Braten und Kuchen am Samstag und Sonntag.
* Das Holzfeuer im Küchenherd.
* Kartoffeln, die im Spätherbst auszulesen und im Frühjahr, schrumplig und muffig geworden, abzukeimen waren. Silokartoffeln, gedämpft und eingesalzen als Futter für Schweine und Hühner.
* Sauerkraut im Winter, das stank wie Pups, wenn man das Brett und das Tuch vom Steintopf abgenommen hatte und die Lake abschöpfte, aber dann war es doch lecker sauer.
* Die schimmeligen Einmachgläser auf den muffigen Regalbrettern im feuchten Keller und die vermoderten Kisten auf dem nassen Steinfußboden.
* Totes Schwein, heißes Blut, das am Schlachttag gerührt werden musste. Gedärme, die ausgewaschen wurden. Kochfleisch, Wurstbrühe, Leberwurstgewürz, fetter Dunst.
* Kühe, Gülle, Mist und Jauche. Frische warme Kuhfladen. Hühnermist. Tierleiber, warmes Leben, neugeborene Kälber.
* Pferdeduft mit der molligen Kühle vom Wind und frischer Sonnen-Staub in ihrem Fell. Verbranntes Hufhorn und glühendes Eisen beim Schmied.
* Frischgemolkene, warme Kuhmilch. Saure Milch, Butter und Molke.
* Sagrotan, Schmierseife, Fliegenspray und P3, das scharfe Reinigungsmittel zum Kannenwaschen.
* Sonne auf der Haut, besonders nachts.
* Warmes, nasses Frühlingsgras mit Blumen drin.
* Frisch gemähtes, dampfendes Gras. Welkendes Gras und leckeres Heu.
* Getreide im herbstlich vergoldeten Staub. Getreide mit Mausedreck und grauem, muffigem Winterstaub.
* Moos, Waldfeuchte, Frühlingslaub, erdiger, nebliger Nachtdunst. Gefällte Bäume, schwitzendes Holz.
* Öliges, heißes Eisen, kalte Kohle auf dem Schmiedefeuer.
* Rost und Abgase.
* Scharf beißender Arbeitsschweiß.
* Plumpsklo mit feuchtem Zeitungspapier.
* Jasmin- und Weißdornblüten.
* Eimer mit blutigen Monatsbinden in rosa Wasser, die bis zum nächsten Waschtag vor sich hinstinken.
* Heiße Waschlauge. Warme Wäsche beim Bügeln.

Am Waschtag

stand die Waschküche unter Dampf. Im „Bägepott" wurde Wasser heiß gemacht, Seifenpulver reingekippt und die Kochwäsche darin heiß gehalten und mit einem riesigen Holzlöffel bewegt. Irgendwann nahmen die Frauen sie heraus und malträtierten sie in einer Wanne mit dem Wäschestampfer. Zum Ausspülen kam sie in andere Wannen oder in die Badewanne.

Es war „Knochenarbeit", die schweren Teile zu spülen, herauszuheben und in frischem Wasser wieder zu schwenken und dann auszuwringen. Und das in der Hitze! Die ausgewrungenen Stücke wurden durch die Wäschepresse gedreht. Die Presse hatte zwei gegeneinanderlaufende Walzen, die man mit einer Kurbel drehte. Das musste Es-chen manchmal machen. Sonst gab es nicht viel zu helfen. Die gesamte Prozedur in der heißen Waschküche mit dem glitschigen Boden war eine hektische, gefährliche Angelegenheit. Es hätte im Wege gestanden, wäre umgestoßen worden und hätte sich verbrannt.

Hinterm Haus auf der Wiese waren Drähte als Wäscheleinen gespannt. Dorthin wurde die nasse Wäsche geschleppt und fein säuberlich aufgehängt, immer Gleiches zu Gleichem. Das war ein schönes Bild, wie sich die Bettbezüge im Sonnenlicht vom Wind aufbauschten. Am besten hätte man sie im halb trockenen Zustand hereingeholt, in Form gezogen und gebügelt, aber dazu war nie genug Zeit und Gelegenheit. So wurde die Wäsche in Körben gesammelt bis zum nächsten Regentag oder bis man sie dringend brauchte. Vor dem Bügeln wurde sie eingesprengt, zum Durchfeuchten eine Weile liegen gelassen und dann von Mama und noch irgendjemandem gereckt und gestreckt. Es-chen hockte sich gerne unter die Tischdecke, das Laken oder den Bettbezug und ließ das kühle, weiche Tuch über seinem Kopf zusammenschlagen. Das weiße Zelt kitzelte.

Wenn Es-chen vor Freude quietschte, schlugen die Frauen das Tuch noch einmal extra oder senkten es über ihm herab. Das war besonders kribbelig.

In der Schmiede
Mäxchen wird beschlagen

Baden

Als Es-chen noch sehr klein war, wurde es in einer Zink-wanne in der Küche gebadet. Die stellte Mama auf den Holz-fußboden und füllte heißes Wasser vom Küchenherd hinein. Der große Herd war die einzige Wärmequelle im Haus. Auf ihm wurde nicht nur gekocht. Über ihm hing im Winter Wäsche und Kleidung zum Trocknen. Milch stand zum dick werden hinten drauf, wo er nur warm war. Dicke Milch mit Zucker, hmmm! lecker!

Auf ihm wurde die Kälbermilch warm gemacht und Pflaumenmus zum Eindicken verdampft. Immer stand der große Wassertopf mit heißem Wasser bereit zum Abwa-schen, Waschen, Kochen und Baden. Wenn die Großen bei nasskaltem Wetter in die Küche kamen, gingen sie zum Herd und legten ihre Hände auf den Topf. Mama schaute jedes Mal zuallererst nach, ob noch genug Holz im Herd war.

Meistens wurde allerdings in der Waschküche gebadet, wegen der fremden Leute, die sonst vielleicht in die Küche kamen. Hier hingen an den Wänden rundum kopfüber die Milchkannen und an Haken die Melkzeuge mit den Zitzen-bechern und Schläuchen. Melkzeug waschen war schon früh Es-chens Kinderarbeit. Das Waschmittel war so scharf, dass ihm von der heißen Lauge die Hände brannten. Das Kannen-waschen war schwer und musste gründlich gemacht werden. Da bekam Es-chen oft was zu hören!

Zum Baden machte Mama das Wasser im Bägepott heiß. Für Papa schüttete sie es in die große Badewanne. Als sie noch klein waren, setzte sie die Kinder manchmal direkt in den Kessel, sobald das Feuer darunter ausgegangen war. Da spielte Es-chen gerne Menschenfresser und stellte sich vor, wie es gekocht wurde. In der Sitzbadewanne auf dem kalten Betonboden mochte es gar nicht gerne baden. Das Wasser wurde ruckzuck kalt.

In der Waschküche zog es. Man musste durch einen unbeheizten Zwischenraum, der zum Stall führte, in die Waschküche gehen. Und von hier aus führte eine Brettertür nach draußen. Die eisige Zugluft trieb Es-chen zur Eile. Die Sitzbadewanne war klein. Nicht mal so ein kleines Wesen wie Es-chen konnte hier untertauchen.

Für Es-chen war das Baden allerdings eh auf die Vorfreude beschränkt. Es war nämlich immer das Letzte hinter den Geschwistern, die vorher schon im gleichen Wasser geschrubbt worden waren. Mama hat den Seifenlappen zwar neben der Wanne über dem glitschigen Betonfußboden ausgewrungen, aber auf seinem Badewasser schwammen trotzdem graue, schmierige Flocken.

Das Wasser war inzwischen nur noch lauwarm und nachdem zwei Kinder gebadet worden waren, reichte die Zeit für ein drittes kaum noch. Es-chen erinnert sich an eiskalte Füße, an Bibbern im rauen Handtuch, an Ungeduld und Eile.

Der nasse Fußboden war – igitt!

Das Klohäuschen

war ein kleines gemauertes Häuschen, weiß gekalkt, gegenüber vom Wohnhaus und dem Stall. Im Klo gab es einen richtigen Trichter aus weißem Porzellan mit einem Holzdeckel. Oma schnitt Zeitungspapier in kleine Stücke, spießte mit einer dicken Sacknadel ein Band hindurch und hängte das Bündel an einen Nagel an die Wand. Die Brettertür hatte innen und außen einen Haken zum Zumachen.

Der Besuch des Klohäuschens war ein besonderer Akt und für Es-chen ein Ansinnen mit bösen Ahnungen, wie es schon erzählt hat. Aber wer, außer Es-chen, weiß heute noch, wie es in einem solchen Häuschen riecht? Alte Kacke, feuchter Beton und feuchtes Zeitungspapier, dumpfe Luft und stauende Nässe. Puh!

Nebenan im Häuschen war die Abteilung mit dem Kartoffelsilo. Das war ein tiefer, gemauerter Schacht mit einem Holzdeckel. Im November wurde ein Kartoffeldämpfer geliehen. Der stand dann mitten auf dem Hof. Er wurde mit Kartoffeln befüllt, nur mit den kleinen und kaputten, die Es-chen helfen musste, aus den guten und den Pflanzkartoffeln auszulesen. Dann machte Mama ein Feuer unterm Kessel und in ein, zwei Stunden hatte man lecker duftende Pellkartoffeln. Es-chen stampfte die heißen, gedämpften Futterkartoffeln mit seinen Gummistiefeln platt. Sie wurden mit Salz wie Sauerkraut eingemacht und wurden zu säuerlich riechendem Futter für Schweine und Hühner.

Einmal hat sich ein Käuzchen im Kartoffeldämpfer verirrt. Als Es-chen beim Spielen die Ofenklappe aufgemacht hat, hat das Käuzchen es mit angstvollen, großen Augen angeschaut. Es-chen hat es behutsam in beide Hände genommen und herausgehoben. Das war einer der glücklichsten Augenblicke in seiner Kinderzeit!

Es hat den scheuen, wundersamen Vogel ganz vorsichtig mit beiden Händen in den Wald getragen. Niemandem hat es das erzählt. Man kann ja nicht wissen. Wenn es später ein Käuzchen in der Nacht rufen hörte, hat es sich wunderbar belohnt gefühlt.

Es-chen am Herd

Bestätigung

Es-chen trug im Sommer Pumphöschen. An diesem Tag war
es ein bunter Baumwollbeutel mit Gummizug am
„Schinken". Es-chen hatte nie ein anderes Wort für
Oberschenkel gehört. Oberschenkel gehörten Hähnchen und
Hühnern. Oma hatte das Pumphöschen aus einem gemuster-
ten, ausgemusterten Lampenschirm genäht. Damit saß es heute also im Kirschbaum auf einem der höchsten Äste,
versteckt im Laub. Es angelte die fettesten Früchte und futterte und futterte. Wie es sich so ins Gezweig reckte, fiel sein
Blick auf seine nackten Beine. Blut, dunkle Streifen Blut zogen
sich an seinen Beinen herunter und immer mehr helles
Blut kam nach. Es kletterte vom Baum herunter und lief zu
Mama. „Ist es das? Habe ich jetzt „die Tage"?"

Mama war entsetzt und enttäuscht, als habe Es-chen
etwas Wichtiges verloren oder als sei es allzu dumm und habe
etwas falsch gemacht. Gleichzeitig schien es, als erlege
Es-chen seiner Mama nun eine besondere Last auf, die
unangenehme Last der Aufklärung. Als wenn Es-chen nicht
schon lange gewusst hätte, was los ist, fing sie bei Adam und
Eva an. Ihr war entgangen, dass Es-chen bei Deckakten und
Geburten der Kühe dabei war und den Geschichten der Männer über Sex-Abenteuer und geile Frauen gelauscht hatte, die
mal gepoppt werden wollten. Sie unterschätzte Es-chen
wieder einmal. Es hatte doch schon längst anderen Kindern
bei der Aufklärung geholfen. Es wusste Bescheid und kannte
alle schlüpfrigen Geschichten und Ausdrücke.

Aber Mama beschwor es, erzählte vom geschütztesten
Ort, von seiner Vagina, predigte mit heiliger Scheu, und dass

es nun eine Frau sei und Kinder kriegen könne. Sie sprach salbungsvoll von Scham und Scheide. Die Männer, wenn sie freundlich gestimmt waren, sprachen von Pflaume, Möse, Fotze, Schlitz und Loch. Mama nahm den Vorfall im Kirschbaum ernst. Das mit den Bienchen und Blümchen und dem lieben Gott flocht sie zusätzlich ein, das war doch zu schön. Aber vor allem, dass es ab jetzt aufpassen müsse, dass es ab jetzt in großer Gefahr sei, seine Ehre und seine Zukunft zu verlieren. Zu schnell wird man als Nutte, als Flittchen abgestempelt. Es wolle der Familie doch keine Schande machen?!

Ab jetzt schien Mama eine neue Aufgabe zu haben: Überwachung, Ermahnung, Drohung. Sie fing gleich damit an. „Reiz die Männer nicht auf!" Großes Fragezeichen. „Das merkst du daran, wenn sie sich an dir reiben und ihr Glied hart wird!" Glied, ein ganz neues, ein unangenehmes Wort. Es-chen kannte Pimmel und Fritzchen und Schwanz, Schwengel und – na, egal. Jetzt kamen noch Penis, Geschlechtsteil und, ganz komisch, Glied dazu.

„Jetzt bist du eine Frau!" Das war mitleidig gemeint, klang aber wie eine Drohung, eine erschütternde Zukunftsvision. Pumphöschen waren nicht mehr erlaubt. Es-chen wurde es schlecht.

„Konfirmieren kann ich dich auch!", sagte Papa und gab ihm unaufschiebbare Arbeiten, wenn es nachmittags zum Konfirmanden-Unterricht gehen wollte. Wohl auch deshalb durfte Es-chen mittags bei Frau Ladwig bleiben oder mit Herrn Schulte nach Hause gehen. So bekam er es gar nicht zu Gesicht und vergaß es. Der Unterricht machte Es-chen Spaß. Da gab es spannende Geschichten und für das Auswendiglernen brauchte es nichts zu tun. Die Verse, Gebote und Lieder fielen ihm zu. Der „kleine Katechismus" mit dem „Vater unser" und den 10 Geboten und den Psalmen, besonders der 23. Psalm, das waren seine Favoriten.

Vor der Konfirmation fand eine „Prüfung" statt. Alle Kinder hatten Angst davor. Es-chen freute sich darauf. Es trug gerne etwas vor. Es fühlte sich gut, wenn andere ihm zuhörten. Es-chen war stolz, dass es zum ersten Mal Anlass und Mittelpunkt einer Veranstaltung war. Extra für Es-chen war das alles vorbereitet und ausgerichtet worden. Es gehörte zu der feierlichen Gruppe in der Kirche und stand andächtig mit den anderen Kindern vor dem Altar. An den feierlichen Akt der Konfirmation selbst kann es sich kaum erinnern. Es trug das schwarze Trevirakleid, das Mama selbst genäht und mit einem biederen schwarzen Schalkragen verziert hat, das weiß es noch. Aber wie der Konfirmationsspruch hieß, der schwarz gerahmt war und unter einem Foto der Christuskirche stand, das hat es vergessen. Dabei sollte der es doch sein ganzes Leben lang begleiten. Es war jedenfalls nicht: „Der Herr ist mein Hirte. Mir soll nichts mangeln".

Tante Erna hat Mama geraten: „Mach nicht so ein Theater! Das kriegst du an Geschenken nicht wieder rein!" An seine Geschenke erinnert Es-chen sich, eine weiße Vistram -Reisetasche und einen Reisewecker. Der Wecker hatte die Form eines Hufeisens und ein Futteral aus rotem Als-ob-Leder. Sehr schick und wertvoll, fand Es-chen. Es bekam die beiden Romane „Und ewig singen die Wälder" und „Das Erbe von Björndal" in einem Band. So'n dickes Buch, allein seins! Darüber hat es sich sehr gefreut und die Heimatromane, in Österreich geschrieben, in Norwegen später verfilmt, ganz schnell hintereinander verschlungen. Von Tante Erna bekam es einen Berg kratzigen Wollstoffs, in Altrosa. Sie betonte, dass daraus mal was ganz Vornehmes genäht werden solle. Das war reelle Nachkriegs-Qualität, wahrscheinlich vor Unzeiten günstig getauscht und vergessen. Bei dieser Gelegenheit war es gut entsorgt.

Alles war sehr aufregend. Und doch hat die Konfirmation seine Erwartungen nicht erfüllt. Es war davon ausgegangen, die Konfirmation sei ein Höhepunkt, also so etwas wie ein Ereignis mit Folgen. Es hatte gedacht, nachher ist irgendetwas in seinem Leben anders als vorher. Es wäre vielleicht erwachsener oder würde weiter zu einer Gruppe gehören, bei der es sich so wohl fühlte wie im Konfirmandenunterricht. Da hat es nie gestört und nur geschwänzt, wenn Papa es dazu gezwungen hat. Da hat sich nie jemand über Es-chen beschwert, ganz im Gegenteil. Als der Pastor es einmal Mama gegenüber gelobt hat, hat die es ermahnt: „Na siehst du! Es geht doch! Warum nicht immer so!" Die Konfirmation, die Bestätigung, in den Kreis der Gläubigen aufgenommen zu werden, hat sich nicht erfüllt. Irgendwann am Nachmittag waren alle Gäste weg. Alles wurde wieder aufgeräumt, und damit war alles vergessen. Alle gingen wieder an ihre Arbeit. Einzige Bestätigung: Die Kindheit war nun endgültig zu Ende!

Neue Wege

Langsam, fast unmerklich; zog sich Es-chens welt-umspannende Phantasiewelt zurück und versank im Nebel. Die heimlichen Gehäuse, Winkel und Höhlen wurden zu klein, Fluchtwelten boten keinen Schutz mehr. Schatzkisten verloren an Bedeutung. Wie immer verließen Es-chen seine Träume, sobald sie eine Heimat suchten. Aber genauso wenig hilfreich waren sie, wenn es neue Ideale und Erfüllung suchte, neue Wege und neue Ziele. Was trat an die Stelle der kleinen Fluchten, der Sehnsüchte und der unendlichen Weite?

Permanente Kontrolle und ein Übermaß an Pflichten und schwerer Arbeit. Manchmal kroch es abends unter seine Bettdecke und schreib heimlich in sein Tagebuch, wie schlecht es behandelt wurde, wie schlecht es ihm ging und wie verflucht es war. Das Gefühl der Unveränderlichkeit des Schicksals und die Beschränktheit in seinem Zuhause wurden immer bedrückender. Seine Arbeiten auf dem Hof wurden immer mehr und immer schwerer, und seine Verantwortung wuchs. Es wollte alles gut und richtig machen, aber es konnte den Ansprüchen der Erwachsenen nie gerecht werden. Nie war etwas genug und gut genug.

Sein Lebensweg war vorgezeichnet. Es wusste, wie er aussehen würde. Mama lebte ihn täglich vor, abgekämpft, erschöpft und müde, gereizt und kritisch, aber meist mutlos. Nach außen hin spielte sie die Rolle der fleißigen Hausfrau und Mutter. Sie war die Gütige, die Dulderin, die Kluge. „Der Klügere gibt nach!" Was gab ihr die Kraft dazu? Otto! Aber das wusste Es-chen damals noch nicht. So ein Traumprinz würde nicht kommen, nie. Das wusste es schon jetzt.

Was Mama meinte, wenn sie sagte, sie fühle sich „wie ein Vogel im goldenen Käfig", verstand es nicht. Gefangen waren sie beide. Ja, aber da war kein Gold, da waren nur enge Grenzen in den Köpfen und außerhalb, da waren nur Dreck und Arbeit, Befehl und Gehorsam, Unberechenbarkeit und Ungerechtigkeit.

Es-chen wurde unleidlich. Wenn es von Abhauen sprach, mischte sich Bitterkeit in Mamas Trauer, Bitterkeit und Vorwürfe: „Du kannst ja gehen, aber ich ... !" Papa verfluchte es, wenn es seinen Anordnungen nur zögerlich nachkam. Trotz und trotzdem: Es konnte sich immer noch Widerworte leisten, weil es schneller war, als die hinter ihm her geworfenen Verwünschungen, Mistgabeln und Brechstangen.

Es-chen verachtete heimlich seinen Vater, es nannte ihn heimlich nicht mehr „Papa", das klang zu lieb. Da war nichts Liebes. Er war rücksichtslos und gemein, er quälte Menschen und Tiere und besonders Mama. Das schrieb Es-chen mit allen passenden Ausdrücken in sein geheimes Tagebuch, die einzige Stelle, der es sich anvertrauen konnte, glaubte es. Es versteckte das Heft ganz zu unterst zwischen Matratze und Sprungfederrahmen in seinem Bett. Mama fand es trotzdem! Und sie las es! Und dann machte sie Es-chen Vorwürfe, dass man so etwas Schlimmes nicht schreiben dürfe, auch wenn es wahr sei.

Und es war wahr! Und wahr war auch, dass das ein erschütternder Vertrauensbruch war. Es gab keinen sicheren Hort. Es hat aufgehört, seinen Kummer und seine Gedanken aufzuschreiben. Trotzdem hat Es-chen seine Mama bedingungslos geliebt und sich mit ihr identifiziert, lange Jahre noch.

Es-chen wollte etwas lernen, wenn es schon nicht zur Schule gehen durfte, etwas anderes, ganz Neues, etwas Eigenes wollte es lernen. Geige spielen, Tanzen und Reiten gehörten inzwischen zu unerfüllbaren Vorstellungen. Trotzdem schrieb Es-chen heimlich über dreißig Bewerbungen für eine Lehrstelle, und schickte sie an Pferdezüchter, Reitbetriebe und Gestüte. Aber leider hatte keiner der Betriebe eine Ausbildungsberechtigung. Seine Idee war es, etwas mit Pferden zu tun zu haben und Landwirtschaft zu lernen. Davon kannte es eine Menge und die Arbeit mit den Tieren, mit den Maschinen und auf dem Hof machte ja auch Spaß. Wie Haushalt ging, das wusste es ja nun auch. Putzen, waschen, kochen, den Garten und das Kleinvieh zu versorgen, traute es sich schon zu. Das machte man nebenbei und das war nichts wert. Das hat Papa immer gesagt und bewiesen.

Es-chen wollte mehr, aber was?" Es gab niemanden, der es hätte beraten können. Landwirtschaft durften nur Jungen lernen. Alle meinten: Was soll das? Eine Lehre, das ist rausgeschmissenes Geld und verlorene Zeit. Die einzige Möglichkeit, die Mama sah, Es-chen entgegenzukommen und zugleich doch noch an den Hof zu binden, war es, eine Lehrstelle auf einem anderen Hof zu finden für eine Lehre zur „Ländlichen Hauswirtschaftsgehilfin".

Sie machte mit Es-chen zusammen, jedoch ohne Papas Wissen, einen Lehrvertrag. Der berechtigte Es-chen, im dritten Lehrjahr auf einem anderen Hof zu lernen und den Ausbildungsabschluss zu machen. Als Papa erfuhr, dass Mama mit Es-chen zu Vorstellungsgesprächen nach Hamm und nach Warendorf fahren wollte, hat er getobt und geschrien: „Wofür habe ich das gottverdammte Blag denn großgezogen!

Das kommt überhaupt nicht infrage!"

Es-chen hat nicht mehr gefragt. Es bekam eine Lehrstelle auf einem Hof in der Nähe von Münster. Dort wurden Traber gezüchtet. Pferde — die absolute Verlockung, obwohl Es-chen wusste, dass es nie Traber würde fahren dürfen. Auch das war nur etwas für Jungs. Egal!

Es sah eine Zukunft vor sich und lebte auf sein Weggehen hin. Flucht war es nicht, eher Befreiung. Es war so wie einen Schritt zurückzutreten und sehen, dass das, was im Moment passiert, nichts mit ihm zu tun hat und dass es damit auch nichts zu tun haben will.

Erst viel später kam ihm in den Sinn, dass auf sein Leben auf dem Hof der Spruch zutraf: „Stell Dir vor, es ist Krieg und keiner geht hin". Es hat Abstand genommen. Es vermisste nichts, vergaß seine Kinderzeit sogar und ging sobald nicht wieder nach Haus. Als es ein halbes Jahr später zum ersten Mal wieder zu Besuch kam, mit der Eisenbahn und der weißen Vistram-Reisetasche, da war es kein Kind mehr, kein Es-chen, „kein Nichts, keine Null", wie Papa so oft gesagt hatte. Da verdiente die junge Frau ihr erstes eigenes Geld, Dreißig Mark Lehrlingsgehalt im Monat.

Trotz-dem! Es-chen hat sich verabschiedet und ist in ihr neues Leben getreten.

Abschied vom Kingerland

Es war nicht nur ein Abschied von den Eltern und von Zuhause, sondern auch von den frühen Erlebnissen und den kindlichen Bezügen, von Kinderwünschen und Erwartungen der Familie. Es hat seine Heimat verlassen. Das ist die Voraussetzung dafür, die Bedeutung dieses Begriffs überhaupt zu erfassen. Was macht „Heimat" aus, die Familie, die Arbeit, die Sauerländischen Wälder, das Plattdeutsche, die Lieder?

Als junge Frau hat sie woanders ihr eigenes Leben aufgebaut, ganz neu und selbstverständlich. Dabei hat sie die erstaunliche Erfahrung gemacht, dass sie eine Persönlichkeit besitzt, die es wert ist, geliebt zu werden, wert, daran zu arbeiten und sie weiter zu entwickeln. Sie hat die Einflüsse ihrer bäuerlichen Umgebung und die der Erwachsenen auf ihre Persönlichkeit erkannt. Und nachdem sie sie erst mit kindlichem Eifer verteidigt und eine Zeit lang selbst vehement abgelehnt hat, lernte sie schließlich, sie nicht nur hin-, sondern auch anzunehmen. Manchmal war sie erschrocken darüber, manchmal amüsiert. Sie hat differenziert und die Einflüsse überwunden geglaubt. Aber sie hat auch erlebt, wie sich Erfahrungen, Erinnerungen und vor allem alte Muster immer wieder, viele Jahre lang, hinterrücks einschleichen. Sie begann, sich wieder für ihre Heimat zu interessieren.

Wie oft hat sie ihre Eltern nach ihrer Familiengeschichte gefragt! Wie war das vor ihrer Zeit und damals, als sie noch ganz klein war? Warum war das so? Sie reagierten mit Abwehr und Verleugnung, mit Glorifizierung und

Idealisierung. Nach den politischen und historischen Hintergründen hat sie gefragt. Sie wollte die Menschen und die schönen, die schmerzlichen und schwierigen Begebenheiten besser verstehen. Sie bekam allenfalls ausweichende Antworten. „Man" wusste ja nichts, „man" hatte ja nichts, „man" musste ja immer nur arbeiten, „man" sprach ja nicht miteinander.

Sie erkannte, dass es eine Kollektivschuld gibt und eine individuelle Schuld. Für sich selbst nahm sie in Anspruch: Schuldig macht sich nur, wer einem anderen Menschen absichtlich Schaden zufügt. Schädliches und Schändliches gab es in ihrer Kindheit mit ungeheurer Wucht, ja! Und obwohl es kein Vertrauen gab in Gott und in die Menschen, so gab es doch ein Gegengewicht: Tapferkeit, Mut, Verant-wortungsbewusstsein, Liebe, Zuversicht und dieses unausrottbare Trotz-dem!

Es gab viele Fehler in ihrer Kindheit. Heute denkt sie: Fehler sind das, was fehlte! Es fehlte an Vielem. Sie hat ihre Eltern nicht bezichtigt oder schuldig gesprochen. Halt, das stimmt nicht ganz! Es gibt eine Ausnahme. Diesen Menschen, der sich Vater nannte. Genug davon! Sie wollte ihre Familie trotzdem nicht für irgendetwas zur Rechenschaft ziehen. Die Frau, über die hier berichtet wird, fragte ihre Mutter nicht einmal, ob ihr Vater wirklich ihr leiblicher Vater gewesen ist. Sie bezweifelt es. Es ist nicht beweisbar, würde aber Vieles erklären.

Aber was heißt das? Wofür ist das heute noch wichtig?

Sie pocht auf ihre unabhängige, freie Persönlichkeit. Sie will sich frei machen von überholten Mustern, von dem, was früher einmal Ideale oder Problemlösungen gewesen sein mögen, aber unter gänzlich anderen Bedingungen, und was mit den Erkenntnissen von heute nicht mehr gilt. Sie will anerkannt sein mit ihren Bedürfnissen, Hoffnungen und Ängsten und ihren ganz eigenen Meinungen und Anschauungen.

Und hier nun hat sie zurückgeschaut auf ihr Kinderland. Sie war dabei in Gedanken in ihrer Heimat, ihrem Vaterland, dort, wo im Wiesken dei Biecke flout und heute noch fließt. Sie war in den bunten Wäldern mit den dunklen Tälern, kostete es aus bis zur Ideologie von Ernst Moritz Arndt mit seinem Verständnis vom Menschen, der seine Verantwortung daraus zieht, dass er nicht vergisst.

Ihre Kindheit wurde nicht zuletzt geprägt durch die Erfahrung des widerständigen Bauernlebens auf den steinigen Äckern im südlichen, bergigen Sauerland nach 1945. Die Bindung an ihre Heimat hat sie aufgegeben, nicht aber die Verantwortung. Sie vergisst nicht!

Obwohl ihre Definition von Heimat, von Mutter Erde und Vater Land wahrlich nicht der des 19. Jahrhunderts von Ernst Moritz Arndt entspricht, soll sein Gedicht hier die Erzählungen vom kleinen Mädchen einrahmen. Sie hat es als Zehnjährige entdeckt, aufgeschrieben und lautstark, die Arme zum Himmel gereckt, rezitiert, wenn sie für sich allein war. Sie liebte die Wucht der Worte. Sie sprachen ihre Kinderseele und ihre Sehnsucht an, weil sie ihre Heimat so geliebt hat und weil ihre Heimat ihr einen Schatz ins Herz gepflanzt hat.

Heimat und Vaterland

O Mensch, du hast ein Vaterland,
ein heiliges Land, ein geliebtes Land,
eine Erde, wonach deine Sehnsucht ewig dichtet und trachtet.

Wo dir Gottes Sonne zuerst schien,
wo dir die Sterne des Himmels zuerst leuchteten,
wo seine Blitze dir zuerst die Allmacht offenbarten und seine
Sturmwinde dir mit heiligem Schrecken durch die Seele brausten.

Wo das erste Menschenauge sich liebend über deine Wiege neigte,
wo deine Mutter dich zuerst mit Freuden auf dem Schoße trug,
wo dein Vater dir die Lehren der Weisheit
und des Christentums ins Herze grub:
Da ist deine Liebe, da ist dein Vaterland.

Und seien es kahle Stellen und öde Inseln,
und wohnten Armut und Mühe dort mit dir,
du musst das Land ewig lieb haben;
denn du bist ein Mensch und sollst nicht vergessen,
sondern behalten in deinem Herzen.

Ernst Moritz Arndt (1769 bis 1860)

Ich erinnere mich

und mit jedem Erinnern wird meine Vergangenheit wach und lebendig. Sie gestaltet sich vor meinen Augen. Das Wieder-Erinnern, immer wieder, ist eine Freude. Vergangenheit bekommt zu den alten Farben neue Farben und Nuancen, neue Tiefen und Gründe. Sie bekommt Lichter aufgesetzt. Die Einschätzung des Gewesenen ist immer an Gefühle gebunden. Gefühle verändern sich und damit ändert sich auch die Bewertung der Vergangenheit. Begründungszusammenhänge verändern sich ebenfalls, vielleicht werden sie auch durch neue Erkenntnisse erweitert. Neue Informationen ermöglichen neue Interpretationen und neue Relationen.

Es gibt also viele Gründe für die Veränderung von Erinnerungen im Laufe der Zeit. Mal steht der eine, mal der andere im Vordergrund. Unwahr wird die Betrachtung und Bewertung des Erinnerungsbildes dadurch nicht, selbst wenn sich die Einschätzung ändert bis hin zum Gegensätzlichen. Die Zuverlässigkeit, mit der ich mich erinnere, ist mithin nicht relevant. Der Wahrheitsgehalt der vormals und heute dargestellten Vergangenheit und die unerschütterliche, eigene, also meine persönliche Wahrheit, bleiben davon unberührt, weil auch Gefühle wahr sind.

Kindheitserlebnisse sind fest im Gedächtnis verankert. Mit jedem Neuerinnern weiche ich sie auf, forme sie neu und fühle sie neu. Vielleicht löscht das einen Teil meines historischen Gedächtnisses, mag sein. Doch wenn ich mit meiner „Altersweisheit" mein Erleben in weichen und weicheren Konturen oder auch in klaren und klareren Bildern zeichne, ist das gut. Mit solcherart distanzierten Beurteilungen sehe ich sie aus mehreren Perspektiven zugleich. Sie dürfen erhalten bleiben und wieder versinken, um mit ihrem neuerlichen Auftauchen dem gleichen Prozess mit neuen Interpretationen wiederum ausgesetzt zu werden.

Meine Erinnerung will, dass ich das Gewesene, Gewünschte, Gewollte und Gewordene in Begriffe fasse, um es zu begreifen. Gut, dass ich sie habe. Man sagt, die Erinnerung will den Menschen für den kommenden Winter Rosen schenken und auch, sie will sie bewahren vor der Vertreibung aus dem Paradies.

Mich erinnern, mir etwas ins Gedächtnis zurückrufen, ist die Suche nach der heilen Welt. Beinhaltet es doch auch „Inne werden" und Erneuern, was in welchen Situationen eine mögliche Lösung, eine Auflösung oder Strategie gewesen ist. Wie wurde ich das, was ich bin? Wie werde ich das, was ich sein kann? Sie macht mich aufmerksam und wachsam. Der Glaube an eine heile Welt und an das Gute steckt darin, auch wenn die Welt nicht schön war und bisher nicht bestätigt, dass das Gute gewinnt. Darum hat Erinnerung eine Identität stiftende Funktion. Sie ist, wie die Märchen meiner Kindheit, manchmal schrecklich gruselig.

Das Märchen von Hans Christian Andersen „Das Feuerzeug", das mit den drei Hunden mit Augen, so groß wie Teetassen, wie Mühlsteine und wie Türme, musste ich als Kind, so schrecklich es war, bis zu Ende lesen, weil ich wissen wollte, wie es ausgeht. Es geht nicht gut aus, auch wenn es da anders zu lesen ist. Es gibt kein gutes Ende. Nur für die Großen, die Harten, die Helden, die ohne Mitgefühl, scheint es gut auszugehen. Und trotzdem: Es muss doch alles gut werden!

Danksagung

Ich danke meinen Kindern Christine Wingert und Thomas Beckmann für ihre geduldige technische und inhaltliche Hilfe und Begleitung. Ohne sie wären diese Erzählungen in der Schublade geblieben. Alexandra Gedak danke ich für ihre fachkundige und gründliche Aufbereitung, die Bearbeitung der Fotos und die gesamte Gestaltung. Sie hat „Kingerland" auf die Reise gebracht.

Nine